じいちゃんのいる囲炉裏《いろり》ばた

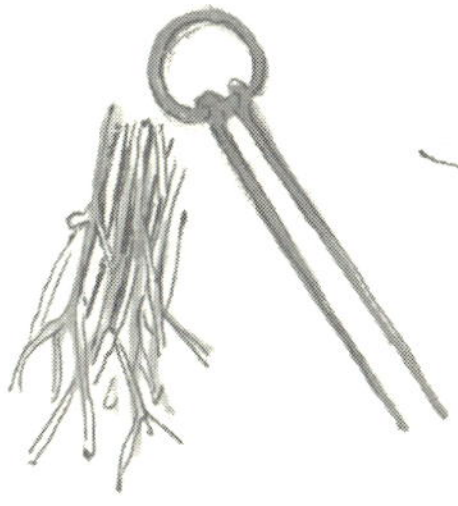

高橋秀雄・作
宮本忠夫・絵

小峰書店

もくじ

じいちゃんのいる囲炉裏《いろり》ばた

一　ドンマイ、ドンマイ

「今日《きょう》は給食《きゅうしょく》当番じゃないし、体操着《たいそうぎ》もいらないっと。ようし忘《わす》れ物《もの》なし」

声に出して確《たし》かめる。浩太《こうた》の朝は忙《いそが》しい。いっしょの時間に出かける母さんの車のエンジンがかかった。それが家を出る合図だ。母さんは勤《つと》め先《さき》の老人《ろうじん》ホーム敬愛荘《けいあいそう》へ、妹のサキと浩太が登校班《はん》に合流するのは七時五十分。

急いで机《つくえ》の上とか本棚《ほんだな》にあった教科書とノートをランドセルにつめこむ。重くなったランドセルを背負《せお》いながら、玄関《げんかん》に出てスニーカーをつっかける。もうすぐ登校班がむかえに来る。一年のサキは、もう母さんと玄関の前に出ていた。

母さんは浩太が一年のときから見送りに出る。ぐずぐずしている浩太が心配でたまらないのだ。登校班のみんなが待っているのに、忘れ物を取りに家にもどったこともあった。そんな浩太のぐずぐずはまだなおっていない。

母さんは、浩太《こうた》のランドセルを見ると、

「ずいぶん重そうだけど、ちゃんと時間割《じかんわり》調べたの」

ってきいた。

「調べたよ。もう今日《きょう》から六時間だもん、しょうがないよ」

浩太はすまして答える。本当は時間割なんか夏休み中にどこかに行っちゃったから、調べようがないのだ。

六時間といってから、今日は火曜日で、授業《じゅぎょう》が五時間なのに気がついた。失敗《しっぱい》したと思った。

あいさつもそこそこに、登校班《はん》の一番後ろの副班長さん川中《かわなか》さんの前に入る。一年のサキは班長さんの秋山先輩《あきやませんぱい》の後ろだ。

母さんが、

「いってらっしゃい」

といって、みんなに手を振《ふ》る。そして、母さんは車に乗《の》りこむ。父さんは浩太たちより先に会社に出かけてしまった。

母さんの車がすぐ登校班《はん》を追《お》い抜《ぬ》く。窓《まど》を開けてまた手を振《ふ》る。浩太《こうた》はそれがはずかしくて、空なんか見上げて歩いている。

真《ま》っ青《さお》な秋空に白い雲が二つ浮《う》かんでいた。

——今日《きょう》はクラブの日か。

そう考えて、浩太は小さなため息をついた。このごろの野球クラブが楽しくないのだ。

四時間目が始まって、担任《たんにん》の今井《いまい》先生が教室に入ってきたとき、浩太はどきっとした。先生がプリントをかかえている。一時間目にやった算数のテストみたいだ。採点《さいてん》が終わって、返すつもりらしい。

——げぇっ、ヤナ感じ。

夏休みが終わっちゃって、二学期《がっき》になったんだという暗い気分がいっきにおしよせてきた。

——きっとひどい点数だ。家になんか持って帰れないな。またランドセルの底《そこ》に隠《かく》すしかないな……。

浩太はもぞもぞと口の中でいった。四年三組のみんなも、となりの子たちと話している。

先生はつらそうに首をかしげたがすぐ、背筋《せすじ》を伸《の》ばしてプリントを机《つくえ》の上に置《お》いた。

「みんなにちょっとあやまらなければならないんだけど」

っていって、先生は笑《わら》いそうな顔になった。

あやまるのに笑うなんて、根性《こんじょう》が悪いと思う。いやな感じ。

「ちょっとね、まだ習ってなかった問題出してしまったみたい」

えーっ。

みんなのおどろきようはすごかった。

「だから、できなかったんだよな」

いちばん後ろの席《せき》の大《だい》ちゃんが文句《もんく》をいった。関係《かんけい》なさそうな大ちゃんがいったから、みんながふきだした。

「そんなのずるいよ」

先生にいつもつっかかっている翔太《しょうた》が声をはりあげた。浩太《こうた》も先生はずるいと思った。

「はーいごめんなさい。先生があやまります」

先生がみんなに頭を下げた。もうだれも文句がいえない。すると先生は顔をあげて、またにやりとした。

「でも、このテスト、みんなとてもがんばってくれたの」

先生がみんなの顔をゆっくり見わたした。浩太《こうた》も見られたような気がした。もしかしてできたのかも……。

「だから、今日《きょう》は、どのくらいがんばれたかを知ってもらおうと思って、点数の順《じゅん》に返そうと思うの……」

また、みんなを見た。みんなはえーっとか、びっくりしたような声を出したけど、顔が怒《おこ》っていなかった。

――一番に呼《よ》ばれたりして……。

思わず顔がにやけてしまう。

「この調子で二学期《にがっき》がんばってくれたら、うれしいな」

先生の笑顔《えがお》はそこまでだった。

「はい、じゃあ一番できた人から――」

最初《さいしょ》に呼ばれたのは浩太ではなかった。北上《きたかみ》つぶら。二番目は山崎健介《やまざきけんすけ》。三番目も四番目も、浩太《こうた》の名前は出なかった。それでも待っていると、六番目は親友でいっしょに野球をやっているカズだった。

「やったあ」

カズは、先生からむしり取るようにもらってくると、ガッツポーズを決めた。斜《なな》め後ろの席《せき》の浩太に、ガッツポーズのげんこつをつきだす。

浩太はそのげんこつに、パンチをだした。くやしそうに首を曲げていたから、パンチが当たらなかった。

十番目を過《す》ぎた。教室には先生の声だけひびいている。

まあ、二十番目くらいだなと考えていた。それくらいなら、カズみたいにガッツポーズができる。だがその二十番目も違《ちが》うだれかだった。一番ずつ、暗い気持ちになっていく。二十五番も違った。

――そんなあ。成績表《せいせきひょう》だって、テストだって、カズと勝ったり負けたりだ。カズはあの数字と数字の間に点のついた問題、できたのかな。あの問題がきっと習ってない問題だ。ちっともわからなかった。

――今二十七番目、今度が二十八番目。

だんだんいつもがんばれっていわれている連中《れんちゅう》になっていく。ときどきカズが振《ふ》り返《かえ》る。そのたびに大げさに首をかしげて見せた。

二十九番目が大《だい》ちゃんだった。大ちゃんが呼《よ》ばれたとき浩太《こうた》は、はっと思った。

――そうだ、名前を書くの忘《わす》れたんだ。だから呼ばれないんだ。なあんだ、だからだ。

一瞬《いっしゅん》、気が楽になった。そのときだった。

「井上《いのうえ》浩太君」

先生は一度不思議《ふしぎ》そうにプリントを確《たし》かめていた。

浩太はちょっと失敗《しっぱい》したっていう調子で、頭をぼりぼりやりながら、しぶい顔の先生のところに行った。頭の中でビリから数えたら何番だろうって数えた。三十五、三十四、三十三、三十二、三十一、三十、六番目だった。

「夏休みに遊びすぎた分、二学期《がっき》がんばるのよ」

って、先生にいわれた。

心配そうに見ているカズの横を通るとき、握手《あくしゅ》をしようと手を出した。つられたようにカズ

6
6

が手を出した。

「ぼくも六番だ、カズ」

わけも分からずに、浩太《こうた》の手をにぎったカズはぽかんとしている。

「カズは上から六番、ぼくは下から六番」

声が大きすぎたようだ。浩太の周《まわ》りで笑《わら》い声《ごえ》が起きた。先生が何かいっていたが、浩太には聞こえなかった。


放課後《ほうかご》は野球が待っている。浩太が四月から入った並木《なみき》小学校少年野球クラブは火、木、土、日が練習日だ。

野球クラブに入ったのは、じいちゃんに高校野球をたっぷり見せられたせいだ。

じいちゃんは電気製品《せいひん》の会社に勤《つと》めていたけど、定年《ていねん》になって辞《や》めて、今は家にいる。二年のころからだったけど、じいちゃんはひまだったから、春とか夏の高校野球の大会に連《つ》れて行ってくれた。カズもいっしょだった。

なんかとても安い入場料《りょう》だったので、いつもバックネット裏《うら》の席《せき》に行った。どこの高校も応《おう》援《えん》しなかったから、どんどん点の入る試合《しあい》ばかり好《す》きになった。

そして、カキーンていうヒットやホームランの音にしびれてしまい、試合が終わってじいちゃんの車に乗りこんでも、見えないバットをにぎって、ホームランを打った気になっていた。そして、家に帰ってくると必《かなら》ず、じいちゃんやカズとキャッチボールをしたり、素振《すぶ》りをしていた。

野球クラブのメンバーはいったん家に帰って背番号《せばんごう》のないユニホームに着《き》がえてくる。それでもバットケースとバッグを持つと、プロ野球の選手《せんしゅ》になった気になる。

——今年は行かなかったな、春も夏の大会も。

家を出ながら浩太《こうた》は考えた。このごろじいちゃんもばあちゃんも、家から離《はな》れたところの他《ほか》の家から借《か》りたという畑にばかり行っている。じいちゃんは車にも乗らなくなって、畑に行かない日は部屋《へや》にこもるようになった。正月のちょっと前からだ。

その前の年までじいちゃんと父さんは、庭に臼《うす》を出して餅《もち》つきをした。たくさんついて、おじさんやおばさんに送った。じいちゃんにとってはそれが楽しみというか、正月をむかえる行事だったみたい。

なのに、母さんが餅《もち》つき機《き》を買ってきて、

「もう、餅《もち》なんてみんな食べないから、少しつけばいいんじゃない」

なんていったのだ。夕飯《ゆうはん》のときだった。

そのときのじいちゃんの怒《おこ》った姿《すがた》は、今まで見たことがないほど怖《こわ》かった。持っていた茶碗《ちゃわん》をドンと割《わ》れるくらい乱暴《らんぼう》に置《お》いて、

「ああ、勝手《かって》にしろ、いっそ餅なんかつかなけりゃいい」

と、どなると箸《はし》まで放り出して、部屋《へや》に帰ってしまった。

それからじいちゃんは、茶の間でご飯を食べなくなった。浩太《こうた》たちともあまり口をきかなくなった。ずうっと怒っているみたい。

おかげで正月にお年玉をもらえなかった。

「じいちゃんの分もいっしょだから……」

といって、ばあちゃんがこっそりくれたけど。

じいちゃんのことを考えると、さびしくなる。家の中が二つに切《き》り離《はな》されたみたいに見える。

まるで、じいちゃんたちの部屋とぼくたちの部屋や茶の間やキッチンの間に境《さかい》ができてしまっ

た感じだ。

浩太《こうた》はなんだか重くなったバッグを左手に持ちかえた。

「野球、野球」

暗くなった気分をふっきるように、口に出していった。

だけど、空元気《からげんき》もそこまでだった。餅《もち》つき機《き》のときの前にもじいちゃんは……。浩太《こうた》の足が止まった。そのときはどうして気がつかなかったんだろう。急に一年も前の日曜日のじいちゃんを思い出した。

朝だったと思う。一枚《まい》のチラシがじいちゃんの席《せき》のテーブルの上にのっていた。じいちゃんはチラッと読んで、いきなり丸めたかと思うとごみ箱に放《ほう》りこんだ。何のチラシか確《たし》かめた。日曜日にいつも入ってくるただの求人情報紙《きゅうじんじょうほうし》だった。

どうしてじいちゃんが丸めて捨《す》てたのか、今は分かるような気がする。遊んでばかりいないで働《はたら》けっていっているようで、腹《はら》を立てたんだと思う。

ちょうどそのころ、母さんは、テレビのリフォーム番組が好《す》きでよく見ていた。そのせいだと思う。やけに家のリフォームをしたがっていて、新築《しんちく》してまだ三年くらいしかたっていない

のに、

「宝《たから》くじでも当たらないかしら、当たったらキッチンだけでも変《か》えたいなあ」

なんていっていた。

母さんはお金があればリフォームができると思っていて、ひまだったじいちゃんにもまだ働《はたら》いてもらいたかったのかもしれない。それがあの求人情報紙《きゅうじんじょうほうし》だったのだ。

そのころ父さんもじいちゃんも、母さんのいっていることに耳を貸《か》さなかった。リフォームって言葉が母さんの口から出ると、いつも浩太《こうた》やサキが急に話しかけられた。

グラウンドに着いてもじいちゃんのことが頭からはなれなかった。だけど、監督《かんとく》に守備位置《しゅびいち》をいわれて、すぐわくわくした気分になった。センターだった。思わず、ホームにストライクのボールを返すイチローのスローイングを目に浮《う》かべた。

二学期《がっき》になったら、新人戦《しんじんせん》に向けて五年生の練習が中心になった。六年生がノックをしてくれたり、球拾《たまひろ》いまでしてくれる。一学期、球拾いは四年生の仕事だった。

五年生に続《つづ》いて、四年生も守備についた。カズはセカンドだった。内野からノックが始まった。浩太《こうた》はどきどきしながら、番がくるのを待った。頭の中は走りながらフライをとり、振《ふ》り向きざまに内野に矢のようなボールを返す自分を想像《そうぞう》している。

六年生の秋山先輩《あきやませんぱい》がファーストにノックし始めた。だけど疲《つか》れたのか、三球続《つづ》けて空振《からぶ》りをした。

ドンマイ、ドンマイ。

外野の後ろで球拾《たまひろ》いをしている六年生たちが秋山先輩に向かって声をかけた。浩太はまだドンマイの意味を知らない。六年生たちが笑《わら》いながらいっているので、失敗《しっぱい》をからかっていっているのだと思った。

秋山先輩が監督《かんとく》と交代した。

ノックはファースト、セカンド、ショートと内野を一回りする。十球くらいのゴロやフライを受けた。

カズはゴロもフライも全部とって、なれた調子《ちょうし》でボールをファーストに返した。

――おお、カズ、やるう。

うっとりしてながめていると、外野の番になった。ライトの水木《みずき》君は上手《じょうず》じゃなかった。ゆるいゴロもトンネルしたし、フライもとれなかった。監督《かんとく》があきらめたみたいにいった。

「次、センター」

浩太《こうた》の番だ。腰《こし》を落としてかまえたけど、緊張《きんちょう》して固《かた》まってしまった。

一球目、浩太の前に上がったフライは勢《いきお》いがなくて前に落ちてバウンドした。

「スタートが遅《おそ》い。とる気でつっこめ」

監督にどなられた。かっこよく決めるはずなのに思うようにいかない。二球目は思い切ってつっこんだ。ボールは頭の上を通《とお》り過《す》ぎていった。

「ボールの勢いを考えろ、頭もつかえ」

監督が今度は静《しず》かにいった。

三球目も迷《まよ》っているうちに、下がるのが遅すぎて間に合わなかった。四球目はつっこみすぎた。浩太はどうしていいのか分からなかった。みんなにドンマイ、ドンマイってからかわれる気がした。だからその前にと思って、

「ドンマイ、ドンマイ」

と、監督に向かって叫《さけ》んだ。

監督《かんとく》ががくっと肩《かた》を落とした。

「ばーか、自分でいうやつがいるか」

というと、

「ラスト」

と、怒《おこ》ったようにいって、ぼてぼてのゴロを打ってきた。ぱっとスタートしたけど、前で止まってしまった。止まったボールをわざわざグラブでとって、それもまたもたついて、すぐには投げ返せなかった。

ドンマイはいわなかった。みんながまだ笑《わら》っている。その笑い顔に向かって、猿《さる》みたいな顔をして頭をかいた。

バッティングでも、浩太《こうた》はかすりもしなかった。気持ちはホームランだけど、ちっとも当たらない。みんなが見ていると、どうしても力が入ってしまって、体が思うように動かないのだ。

先輩《せんぱい》たちに、

「ドンマイはどうした」

と、浩太はからかわれた。ドンマイはからかう意味でいっているのではないらしい。

浩太《こうた》は頭をかいて、笑《わら》ってごまかした。カズが肩《かた》をたたいて、ドンマイ、ドンマイといってくれた。気にするなという意味らしい。

「すげえ、決まってたぞ、カズ、今日《きょう》は」

さっきから浩太はカズのことをほめまくっている。

「まあ、それほどでもねえよ」

「そんなことねえよ、すげえよ、なんでー」

カズは照《て》れていたが、土蔵《どぞう》の壁《かべ》を相手に捕球《ほきゅう》の練習をしていたことを打ち明けた。カズの家は農家で、土蔵のほかにトラクターやコンバインの入っている納屋《なや》もある。庭も広かった。中学生のお兄ちゃんもいる。キャッチボールの相手をしてくれるそうだ。

浩太はお兄ちゃんがいるのがうらやましかった。だれかにキャッチボールの相手をしてもらって、上手《じょうず》になって、背番号《せばんごう》をもらって、来年の新人戦《しんじんせん》に出たいと思う。

「いいなあ、カズはお兄ちゃんがいて……」

「浩太なんか、野球が好《す》きなおじいちゃんがいるんだもの、同じだろ」

いきなりじいちゃんのことが出て、返事に困《こま》った。そのときJA《ジェイエイ》の角に来《き》ていた。

「じゃあな」

同時に声が出た。バットケースを振《ふ》りあって、カズとわかれた。一人《ひとり》になると、ドンマイドンマイのことが頭をよぎった。

「ばっかみたい」

思い出すと、じりじり体中がかゆくなるようないらいらした気分になる。バットケースとバッグを振《ふ》り回《まわ》しながら駆《か》けだしたかった。

それを無理《むり》やり忘《わす》れると、今度は、下から六番ってふざけた算数のテストのことが浮《う》かんできた。本当はショックだった。なのに、ふざけてごまかしてしまったのだ。

カズが上手《じょうず》になったこともショックだった。カズと離《はな》れていくようでさびしかった。

——ちょっと前まで、同じだったのになあ。

カズの家や浩太《こうた》の家の庭でキャッチボールをしていたころは、二人ともへただった。

じいちゃんがいるじゃないってカズはいった。カズは浩太の家のことを何も知らない。走りだしたい気持ちをおさえながら、家の白い大谷《おおや》石《いし》の塀《へい》に向かってとぼとぼ歩いた。

二

小さな建築現場《けんちくげんば》

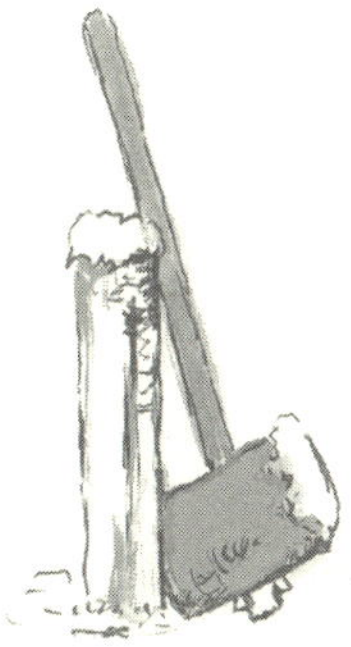

玄関《げんかん》に入ると、テストを隠《かく》さなければならないことに気がついた。母さんに見つかってはまずい。

母さんは老人《ろうじん》ホームから、五時半すぎに帰ってくる。あとはサキに見つからなければいい。母さんにべったりのサキは、いつも告《つ》げ口《ぐち》をする。

ばたばたとサキといっしょの子ども部屋《べや》に向かった。テストを出して、三つに折《お》った。三つに折ると、ランドセルの底《そこ》の大きさと同じになる。ここがいちばん安全な場所だ。

ランドセルの中のものを、一度机《つくえ》の上にあける。そのとき風で、見たくもないテストが開いた。三十二点の数字が目に入った。でも三十二点にしてはマルが多いような気がした。

マルを数えてみた。十二個《こ》あった。問題の数は全部で二十五個。百を二十五で割《わ》ったら、一問四点になる。四かける十二は四十八。十六点も違《ちが》う。先生が不思議《ふしぎ》そうにプリントを見ていたのを思い出した。

「ちぇっ、くそったれめが」

しかし、もう文句《もんく》もいえない。下から六番だなんてふざけてしまった。先生に文句をいってもちっとも楽しくない。カズは上から六番、自分は下から六番、そっちの方がおもしろいけど、やっぱりくやしかった。

「ちぇっ、大損《おおぞん》だ」

といって、ランドセルの底《そこ》にテストをしいた。

大損だけど、母さんにいえない。母さんは五十点よりひくい点数だと、嫌味《いやみ》なほど大きなため息をつく。それでもたまらないのに、一週間前に見すぎたテレビのことまで持ち出してくる。

——これでもう見つからない。

と、明日《あした》使う教科書やノートを入れ始めたときだった。庭に入ってくる車の、砂利《じゃり》を踏《ふ》む音が聞こえた。あわててランドセルをかたづける。でも止まった音と、ドアを開ける音が母さんのと違った。

玄関《げんかん》に出てみた。運転してきた人は玄関を素通《すどお》りしたらしく、いつになってもこなかった。だれだろうと思って、外に出たときだった。

「良夫《よしお》ちゃん」

見知らぬおじさんが、家の東側《ひがしがわ》に声をかけていた。良夫というのはじいちゃんの名前だ。かなり禿《は》げ上《あ》がってきたじいちゃんが、良夫ちゃんなんて呼《よ》ばれている。

じいちゃんは大根《だいこん》なんかが作られている小さな畑を掘《ほ》り返《かえ》していた。畑仕事でないのが一目でわかった。じいちゃんのひざまでの深さに四角く掘られている。

「おお、しげるか、わりいな」

じいちゃんが、おじさんに向かって手をあげている。このごろ見たこともない明るいじいちゃんだった。

しげるさんは掘ったところにぽんと飛《と》び降《お》りると、周《まわ》りを見回している。浩太《こうた》も何を作っているのか気になって、庭からじいちゃんたちを見ていた。

「六畳《じょう》と土間《どま》だったら、このくらいでよかんべな」

しげるさんは両手を広げて、広さを確《たし》かめた。

「どうせだれがくるってわけじゃねんだから、じゅうぶんだ」

「おれは寄《よ》らせてもらうぜ、良夫《よしお》ちゃん」

「うん、しげるくらい泊《と》まれるようにしねえとな」

大きい声だからよく聞こえる。泊まれる、なんて、家でも作るのだろうか。穴《あな》の大きさから見ると、かなり小さな家だ。背伸《せの》びして、穴の中を確《たし》かめた。平らになっていた。

じいちゃんとしげるさんは、穴のそばにあった段《だん》ボールの上に腰《こし》を下ろした。そして、タバコに火をつけようとして、浩太《こうた》に気《き》がついた。

「こうたぁー、そんなとこにいねえで、ここに来て、見たらよかんべ」

じいちゃんはきげんがいい。半年以上《いじょう》つっけんどんな話し方しかしてもらえなかったのに、今日《きょう》は高校野球を見に行ったころのじいちゃんになっている。

「うん」

浩太もひさしぶりにはずんだ気持ちになった。

じいちゃんたちは東の方を見上げて、タバコの煙《けむり》をはきだしていた。浩太の家の周《まわ》りは田んぼばかりだから、遠くまで見《み》わたせる。

「変《か》わったなあ、ヤブサカも」

じいちゃんがゆったりとタバコを吸《す》いこんでいった。

「うん、もう、やぶも坂もねえ。三本杉《すぎ》も切られちゃったし」

二人が見ている先の高台には中学校の体育館があった。中学校の後ろは川で、川をはさんで三男《みつお》さんの家がある。そこをじいちゃんやばあちゃんたちはヤブサカって呼《よ》んでいる。

「まだ、三男がいっけどな」

「三男もよく残《のこ》ってくれた。おれも和雄《かずお》あんちゃんも出っちゃったのによ――」

帰りにちょっと寄《よ》ってみっぺといって、しげるさんは立ち上がった。しげるさんは三男さんのお兄さんのようだ。

「じいちゃんがすごいもの作んだって、楽しみだな」

しげるさんは浩太《こうた》にいうと乗ってきた車にもどった。

すごいものといわれても、何も想像《そうぞう》できなかった。

しげるさんはトランクを開けて、杭《くい》と黄色い糸が巻《ま》いてある棒《ぼう》やケースを取り出した。じいちゃんも来て、運動会の準備《じゅんび》で使うような木槌《きづち》を持った。

オモリのついた糸を垂《た》らしながら杭《くい》を真《ま》っ直《す》ぐに立てる。大きな三角定規《じょうぎ》と巻尺《まきじゃく》で二本目の杭を打つ。そして四角い穴《あな》の四隅《よすみ》に杭が立てられ、黄色い糸が張《は》り巡《めぐ》らされた。

「ちっちゃいけど、建築現場《けんちくげんば》らしくなったな」

じいちゃんが腕《うで》を組んで、小さな建築現場を見回している。浩太《こうた》もいつの間にか腕を組んでいた。

――何ができるのだろう。じいちゃんたちは何を作るつもりなんだろう。

でもまだ聞けない雰囲気《ふんいき》だった。

「ちっちゃくたって、手《て》ぇ抜《ぬ》くわけにはいかねえからな、良夫《よしお》ちゃん」

作業はあっけなく終わった。しげるさんが道具をしまい始めた。ちょうどそのとき、車が入ってきた。母さんだった。とたんに、じいちゃんは口をへの字に結《むす》んだ。しげるさんもじいちゃんの顔色の変《か》わるのを見て、同じように顔色を曇《くも》らせ、道具を急いでかたづけ始めた。

浩太まで何かびくびくした気持ちになった。母さんに見られたらまずいのかもしれない。じいちゃんたちの側《そば》にいることもいけないことのように思えた。

「じゃあ、また明日来《あしたく》っから」

しげるさんの声が小さくなっている。

「うん、頼《たの》むよしげる。おめえだけが頼《たよ》りだから」

じいちゃんもボソッといった。

しげるさんが車にもどるとき、浩太《こうた》もついていった。母さんは手に買い物袋《ぶくろ》をさげて、ドアを閉《し》めるところだった。

しげるさんがどうもというと、

「しばらくですね。上がってお茶でも」

と、母さんは愛想《あいそ》がよかった。でも、浩太は知っている。愛想につられてお茶なんか飲んでいったら、必《かなら》ず帰った後で、忙《いそが》しいのに気が利《き》かないんだからというのだ。

「いや、今日《きょう》は遅《おそ》いから、また……」

しげるさんはそそくさとトランクに道具箱をしまった。

「何か……」

母さんは道具箱を不思議《ふしぎ》に思ったらしい。じいちゃんが立っている畑の見慣《みな》れない四本の杭《くい》を見つけたようだ。

「じゃあ、また」

しげるさんが車に乗りこもうとしたとき、母さんは、

「どうも、ご苦労様《くろうさま》です」

と、不思議《ふしぎ》そうな顔をしながらいった。浩太《こうた》は自分の部屋《へや》にもどるしかないなと思った。

もう太陽は、家の西側《にしがわ》の小さな山、こやま山の陰《かげ》に入ってしまって、秋を感じさせる風が吹《ふ》きだしていた。


じいちゃんはいつものように、部屋《へや》に引きこもった。浩太も、母さんに何か聞かれそうな気がして、部屋から出なかった。今、テレビはニュースしかやっていない。茶の間にも、応接間《おうせつま》のテレビにも用がない。

妹のサキはどこかから帰って来たと思うと、すぐ母さんの手伝《てつだ》いなんか始めている。

――調子のいいやつ。

自分も一年生のころ、サキと同じだったのだろうかと考えた。違《ちが》うような気がした。

そのころ宇都宮市《うつのみやし》の端《はし》の方に、一家四人でアパートに住んでいた。そして、一年生になるとき、新築《しんちく》したこの家に引《ひ》っ越《こ》して来たのだ。父さんが近くの部品工場に転勤《てんきん》になったこともあるけど、長男だからここに帰ってきたかったようだ。

引《ひ》っ越《こ》して来てから浩太《こうた》は、いつもじいちゃんにくっついていた。キャッチボールもしたし、魚《さかな》釣《つ》りにも行ったことがある。父さんは日曜日まで工場に行くことがあったから、じいちゃんとばかりいっしょにいた。

じいちゃんは浩太が学校に行っている間は家の東側《ひがしがわ》の小さな畑で、草むしりなんかしていた。新築《しんちく》する前、古い家は小さかった。だから今庭になっているところも畑も、小さかったけど田んぼだった。わきの道路も広くなって田んぼが作れなくなって、じいちゃんはさびしがっている。じいちゃんは農業が大好《だいす》きなのだ。

キッチンから真《ま》っ直《す》ぐに通っている廊下《ろうか》から、サキと母さんの話し声が聞こえた。気になって、何度も読んでいたコミックを閉《と》じた。そのたびに時計を見る。まだ七時にならない。七時になったらプロ野球が始まる。

――そのときが問題だな。

ちぇっと舌《した》を鳴らして、またコミックを読みだした。

「おばあちゃん、お兄ちゃん、夕飯《ゆうはん》だよ」

廊下《ろうか》でサキが呼《よ》んでいる。七時ちょっと前だ。ばあちゃんだけはいっしょに夕飯を食べている。じいちゃんは呼ばれなかった。たぶん一人で、豆腐《とうふ》か鯖《さば》の缶詰《かんづめ》をつまみに酒を飲んでいる。

しかたない、行くかと覚悟《かくご》を決めた。何も悪いことはしてないけど、気が重かった。

「野球、野球」

自分にいい聞かせて部屋《へや》を出た。


「浩太《こうた》、おじいちゃん何始めたのか、知らない。なんだか畑掘《はたけほ》り返《かえ》して、糸なんか張《は》っているみたいだけど……」

テレビのリモコンを取ったとたんに、母さんに聞かれた。母さんも見に行ったみたいだ。

「知らない」

浩太はすんなりとぼけることができた。何かいったら、じいちゃんがひどいことになるような気がする。それにはっきり聞いたわけではない。スイッチを入れると、野球は五回の裏《うら》に入

っていた。四対〇、巨人《きょじん》が勝っている。じいちゃんも見ているはずだ。母さんが眉間《みけん》にしわを寄《よ》せた。夕飯《ゆうはん》のときテレビがかかっているのが嫌《きら》いなのだ。

「おじいちゃん、なんかいってなかったですか」

ばあちゃんの前に味噌汁《みそしる》を置《お》きながら、母さんが聞いた。

「何始めたんだか、聞くと怒《おこ》るから、何にも聞けね」

ばあちゃんは味噌汁を口に持っていきながら、ならんだおかずを一瞬《いっしゅん》見回した。テレビがコマーシャルになって、浩太《こうた》もさっと食べてしまおうと思ったときだった。

今日《きょう》もドレッシングのかかったサラダの小鉢《こばち》がならんでいた。何の魚だか分からないけど、魚とホタテのカルパッチョ。レンジでチンした鳥のから揚《あ》げ。浩太が好《す》きなのはから揚げだけだ。ばあちゃんはどれも苦手みたいだ。

じいちゃんはもっと苦手だ。焼《や》き魚《ざかな》が好きで、炭の火を起こす七輪《しちりん》なんか買って来て、外で焼いたことがあった。母さんは家が煙《けむり》で汚《よご》れるといって、焼き物や揚げ物をあまりしない。だから浩太の好きな焼肉《やきにく》もハンバーグもほとんどレンジでチンしたものばかりだ。

「何だか、家でも建《た》てるみたいだけど……」

ばあちゃんは、母さんの疑《うたが》っているみたいないい方と、おかずに戸惑《とまど》っているみたいだ。箸《はし》がカルパッチョとから揚《あ》げの間でいったりきたりしている。

「浩太《こうた》、育ち盛《ざか》りはもっと食わなくちゃ、な」

と、ばあちゃんはから揚げを二個《こ》、浩太の皿《さら》にのせた。

「浩太にはたっぷりあげているんだから、いいのに……」

母さんの眉間《みけん》にまたしわができた。ばあちゃんは聞こえないふりをしている。浩太はずうっと上目使いでテレビを見ていた。野球クラブに入ったとき、監督《かんとく》に、

「プロがどんな動きするのか、テレビもしっかり見ろ」

と、いわれたことを、父さんにも母さんにもいってある。それで、プロ野球だけは九時まで見せてもらえる。

「じいちゃんお家作るの、だったらサキの部屋《へや》もほしい」

サキが思い出したようにいった。

「家なんて、作るわけないでしょ」

母さんはしかるみたいにいった。そして、浩太もにらまれた。

「浩太《こうた》、サラダ、ちっとも減《へ》ってないわよ」

——飼育《しいく》小屋のウサギじゃあるまいし、そんなに喜《よろこ》んでくえるかよ。

一度口に出していいたいと思う。野球がとんでもないことになっていた。ピッチャーの桑田《くわた》が打たれて、ワンアウト満塁《まんるい》のピンチ。

三　セケンテイって

「野球ばっかりでつまんない」

サキが、キッチンへ母さんの手伝《てつだ》いにいった。いつもはもう母さんと風呂《ふろ》に入っている時間だ。眠《ねむ》くなると母さんにひっつく。

父さんが帰って来たのは、野球中継《ちゅうけい》が延長《えんちょう》されるとテロップが流れたときだった。父さんは家から車で十五分ほどのところにある、エアコンの部品工場の工場長だ。工場長といっても、パートのおばさんばかりらしいけど。

父さんもプロ野球を、ラジオで聞きながら帰ってくる。帰るとすぐ、どうなってると茶の間に飛《と》びこんでくる。でも茶の間にいられるのは九時まで、後は応接間《おうせつま》のテレビを見なければならない。母さんとばあちゃんは茶の間でドラマを見る。

父さんのただいまの声はこのごろ疲《つか》れている。今日《きょう》も茶の間に飛《と》びこんでくる元気さえないみたいだ。

そんな父さんをむかえたのは、

「ちょっと、ねえ、まだ上がんないで」

の母さんの厳《きび》しい一言だった。母さんは玄関《げんかん》に出て行った。

「なんだよ」

父さんが不機嫌《ふきげん》な声を出した。母さんのサンダルをつっかける音がする。そして、今閉《し》められた玄関のガラス戸がからからとあいた。父さんがまた、

「なんだよ」

といった。母さんは黙《だま》っている。開けっ放しの玄関から二人の足音だけが出て行った。

野球は一点差《てんさ》のまま、九回の表《おもて》に入っていた。一球一球にどきどきさせられる。だけど、二人が出て行った先も気になった。きっと、ちっちゃな建築現場《けんちくげんば》を見に行っているのだ。

野球は巨人《きょじん》が逃《に》げきって、緊張《きんちょう》がほぐれた。そのとき、浩太《こうた》は外にいる母さんの強い口調を聞いた。

ひさしぶりに見たじいちゃんの明るさ、母さんが帰って来たときのへの字の口元が目に浮《う》かんだ。

「お母さんたち、何してんの」

まだ風呂《ふろ》にも入れないサキが眠《ねむ》そうな声を出している。

「しらねえよ、そんなこと」

浩太《こうた》はヒーローインタビューに集中できなかった。なんだか心臓《しんぞう》がどっくんどっくんと大きな音を立てている。砂利《じゃり》の上を歩く二人の足音が近づいてきた。

「でもなあ……」

父さんがうーんとうなっている。

「こういうことは、親子できちんと話してもらわなけりゃ、どうにもならないんだから」

足音が玄関《げんかん》の中に入ってきた。静《しず》かにガラス戸が閉《し》められ、カチッと鍵《かぎ》がかけられた。

父さんが、茶の間に入ってきて、

「野球、どうなった」

と、聞いてきた。

「勝ったよ、巨人《きょじん》」

思いきり明るく答えた。一瞬《いっしゅん》父さんの顔がほころんだ。

「お父さん、そんなことより、早くしないと寝《ね》ちゃうかもしれないでしょ」

母さんが父さんをキッとにらんだ。父さんが困《こま》ったようにちっと舌《した》を鳴らした。

「うん」

しかたなさそうに父さんは、じいちゃんたちの部屋《へや》に向かった。重い足取りが廊下《ろうか》から響《ひび》いてくる。母さんは立ったまま、様子をうかがっていた。

「おれだ、あけるよ」

父さんがふすまに向かっていった。

「何だ、久志《ひさし》、もう寝《ね》るとこだ」

「その前に、ちょこっといいがな」

父さんがふすまをあけた。中に入ったのか、声が遠くなった。

「さっ、その間にお風呂《ふろ》」

母さんはサキをテーブルから立たせた。

母さんたちが浴室《よくしつ》に入ったのを見届《みとど》けると、浩太《こうた》はテレビをけした。父さんとじいちゃんの話が気になった。

――じいちゃんのちっちゃな建築現場《けんちくげんば》、止めさせられてしまうのだろうか。いじっぱりなじいちゃん、まじめで優《やさ》しいけど母さんのいいなりになってしまう父さん、けんかにならなければいいけど……。

自分の部屋《へや》に入って、ドアは少しあけておいた。じいちゃんたちの部屋はとなりだ。静《しず》かに、ベッドが音を立てないように横になる。となりの話し声に耳をすました。

二人《ふたり》は、父さんの勤《つと》めている工場の話なんかしていた。父さんがじいちゃんにいろいろ聞かれて、まああだとか答えている。母さんにいわれたことがいいだせないみたいだ。

「ところでさあ、おやじ」

浩太はどきっとした。いよいよだと思うと、体が固《かた》まった。長く感じられるしーんとした時間が過《す》ぎて、父さんが切り出した。

「何作る気なんで、あんなとこ掘《ほ》り返《かえ》して」

「ちっちぇえ小屋だ」

じいちゃんがぶっきらぼうに答えた。浩太《こうた》は息が苦しくなった。

「そんなごと、相談してくれてもよかんべよ」

「相談することでもねえ、おれの土地だ、何相談すんだ」

じいちゃんのいい方はけんかみたいだ。

「何するんで、そんな小屋」

「何にしようと、おれの勝手だ」

「そんなあ、話にも何にもなんなかんべ、いっしょに住んでいるんだから、教えてくれたってよかんべや」

しばらく話がとぎれた。二人がにらみあっているように思える。

「小屋建《た》てて、まさか一人で住むなんて考《かんが》えてなかんべね。そんなことしたら、まるで俺《おれ》たちが追い出したみてえだんべ。セケンテイってこともあんだぜ、おやじ」

父さんの声も大きくなっている。浩太にはセケンテイの意味がわからなかった。

「ふん、何がセケンテイだ。セケンテイっちゃ、な、自分だけよぐ見せてえがら、セケンテイなんか気にすんだ」

じいちゃんがバカにしたみたいないい方をした。また静《しず》かになった。二人がタバコに火をつけたみたいだ。

「センテイっていったから、言葉が悪かったかもしんねけど、みんなが心配してっから、いってるんだんべ」

父さんの声は静かだった。浩太《こうた》には父さんのいってることもわかった。

「心配なんか、してくんねたっていい、どうせ、のけ者《もの》なんだがら、おれは」

「のけ者になんかしてなかんべ、勝手におやじが……」

父さんは何かいいたいことを飲みこんだ。

「ほう、勝手にか、よくいえたもんだわ、もう帰れ、おらもう寝《ね》んだから」

「そんなあ」

父さんのため息が聞こえるようだった。

「久志《ひさし》、じいちゃんが出てくっていったって、かまうな、あたしはじいちゃんになんかついて行かねがら……」

初《はじ》めてばあちゃんがしゃべった。ふすまがどんと閉《し》まる音がした。じいちゃんが寝床《ねどこ》に行ってしまったようだ。

「困《こま》ったもんだ」

父さんが舌打《したう》ちした。ふすまがあいて、父さんの重い足取りが廊下《ろうか》をきしませている。茶の間のガラスが大きな音を立ててしまった。

――セケンテイってなんだろう。

そうだこういうときに辞書《じしょ》があるんだと気がついた。卒園式《そつえんしき》のときにもらった国語辞典《じてん》が本棚《ほんだな》でほこりをかぶっている。浩太《こうた》は初《はじ》めて辞書《じしょ》をひいた。

「世間体《せけんてい》」世の中に対する、ていさい、みえ、他人の目を気にすること、と書いてあった。何だか、じいちゃんのいっていることの方が正しいような気がした。

茶の間から、父さんのあける缶《かん》ビールのプシュッという音が聞こえた。母さんとサキが風呂《ふろ》を出たらしい。

「浩太《こうた》あ、お風呂入っちゃいなさい」

「風呂だ、風呂」

部屋《へや》を飛《と》び出した。疲《つか》れた気分をぬぐいたかった。

四　コンクリートは固《かた》まった

四年生の教室は二階で、職員室《しょくいんしつ》の前を通っていく。職員室の前の廊下《ろうか》に、三年のときみんなが持《も》ち寄《よ》った火鉢《ひばち》やタライや釜《かま》、お手玉なんかが飾《かざ》ってあった。「むかしのくらし、いまのくらし」を勉強したとき、母さんがじいちゃんからお釜を借《か》りて学校に持ってきた。

お釜を見ると、いつもおいしそうなご飯《はん》を考えてしまう。テレビで一度、お釜で炊《た》いたご飯を見た。湯気でぶ厚《あつ》いふたをごとごといわせ、白く噴《ふ》きこぼれる様子を見ただけで、口の中にだ液《えき》がたまった。

――いつ返《かえ》してくれるんだろ。

もういいだろうと思った。じいちゃんにしか頼《たの》めないだろうけど、このお釜でご飯を炊いて

もらいたい気がした。ゆうべのじいちゃんのことと、世間体《せけんてい》という言葉が頭から離《はな》れなかった。

――じいちゃん、今日《きょう》は何をしているだろう。

浩太《こうた》はきっと、ぼけっとお釜《かま》を見ていたんだと思う。いきなり背中《せなか》をどつかれて、前にのめりそうになった。

「何すんだよう」

と、怒《おこ》って振《ふ》り返《かえ》ったらカズだった。

「ぼうっとしてっからよ」

「ぼうっとなんか、してねえよ」

強がっていったけど、なんだかほっとした。カズはいつも元気だ。その元気が伝《つた》わってきて、気持ちが軽くなる。

「今日はクラブないから、つまんねえな」

「うん、カキーンと一発いきたかったな」

そういって、スイングをした。

「そうだよ、その気持ちでまじめにやらなくちゃあ。それにこういう日にこそ、まじめにうちで練習するんだ」

カズが、浩太《こうた》の前に回《まわ》りこんでいった。

「うん、そうだ。まじめ、まじめが大切なんだよな」

うんうんと大げさにうなずいてみせた。

「それが、まじめじゃないっていうんだ」

カズが浩太の目をのぞきこんでいる。浩太は視線《しせん》をそらすしかなかった。どうしてもまじめだとか、真剣《しんけん》にだとか、頑張《がんば》るなんて、なんだかはずかしいことのように思えてしまう。

「カズ、わかってるって、大丈夫《だいじょうぶ》だって」

真剣なカズの肩《かた》をぽんとたたいた。

「本当に、大丈夫なのかな」

カズは小さく首をかしげた。

「うん、明日《あした》から真剣にやるって」

心の底《そこ》ではいつもそう考えている。なのに、なぜかふざけた調子になってしまうのだ。

二人で教室に入ると、大《だい》ちゃんが、

「いよお、六番コンビ」

と、いってきた。

浩太《こうた》はぱっと両手にピースサインを作って、大《だい》ちゃんに応《こた》えていた。カズがとなりでまた首をかしげた。


算数で小数を勉強することになった。昨日《きのう》のテストにあった数と数の間に点のある数だ。先生は昨日のことは何もいわなかった。忘《わす》れてしまっている。

浩太は、なんでもなかったみたいに勉強を進めていく先生が嫌《きら》いになった。点数の間違《まちが》いはいうつもりはないけど、不思議《ふしぎ》そうにテストのプリントを見て、間違いに気づかない先生を情《なさ》けないと思った。

――失敗《しっぱい》したな、下から六番なんてふざけて……。

チッと舌《した》が勝手に鳴った。指まで鳴らしてしまった。

すぐ先生が浩太の方を見た。

「井上《いのうえ》君、なんですか」

「何でもないです。勝手に指がなっちゃったんです」

浩太《こうた》は立ち上がると、いつものように頭をぼりぼりかいた。でも、カズが泣《な》きそうな顔をして振《ふ》り返《かえ》ったのを見たとき、ぼりぼりやっていた手が止まった。

「井上《いのうえ》君、ふざけてばかりいないで、まじめにやらないと、どんどんわからなくなるわよ」

冷《つめ》たいいい方だった。「まじめに……」といわれておもしろくなかった。カズにいわれるのならいいけど、先生にいわれると腹《はら》が立った。

授業《じゅぎょう》がおもしろくないと、浩太は何か楽しいことを考える。楽しいこと、おもしろそうなことと考えると、すぐじいちゃんのちっちゃな建築現場《けんちくげんば》が浮《う》かんだ。

――何の小屋を作るんだろう。物置《ものおき》に使っているミニハウスじゃだめなんだ。父さんがいっていたように、じいちゃんが住む家を作るのかも知れない。

じいちゃんが小屋に一人で住むなんてさびしいけど、父さんたちがいっている心配なんかないと思う。なんといってもおもしろそうだ。そうなったら、絶対泊《ぜったいと》めてもらおう。

ミニハウスのことを考えたら、今の家の前の古い家をこわした日のことを思い出した。

浩太が幼稚園《ようちえん》の年長さんのときだった。冷《つめ》たい風が吹《ふ》きまくっていた日、古い家の前の田ん

ぼで、大工《だいく》さんや近所の人たちが手伝《てつだ》ってくれて、ゴミや材木《ざいもく》を燃《も》やしていた。

じいちゃんは、みんなに、

「これはどうすんで」

なんて聞かれながら、燃やすものと取っておく物とにわけていた。じいちゃんの残《のこ》した物が今でもミニハウスの中に入っているはずだ。お釜《かま》もそこから出してきた。

家こわしの日、テレビの番組に出せるようなお宝《たから》が出てくるかと期待していたが、そんなものは何も出なかった。父さんが埋《う》めたといったビー玉さえ見つからなかった。

父さんはあきらめきれなくて、しばらく鉄の棒《ぼう》を地面に刺《さ》して探《さが》していた。

「おれはビー玉だけ強かったんだ。みんなに流行《はや》らせて、まきあげてさ、せんべいの缶《かん》いっぱい貯《た》めたんだ――」

中学になるからって埋《う》めたのに、と悔《くや》しそうだった。

――父さんのビー玉どこへいっちゃったんだろう。

浩太《こうた》にはビー玉が宝物のように思えてきた。宝さがし、なんて考えていたとき、チャイムがなった。何も聞いていないうちに、算数が終わってしまった。

「練習ねえと、つまらねえ」

カズはそればっかりだ。学校帰り、道に落ちていた木の枝《えだ》を拾うと、バットみたいにぶんぶん振《ふ》り回《まわ》している。カズは野球がおもしろくてたまらないのだ。

浩太《こうた》も野球は楽しいと思っている。でも、フライはとれないし、打ってみたいと思うホームランどころか、ヒットも打っていない。そのせいだと思う。練習がおもしろくなくなっている。

「うん、練習あったほうがいいけど、スカッていう当たりがまだねえんだもなあ……」

すっきりしない気持ちがため息になった。

「浩太、お前、ふざけすぎだよ。それにさあ、家で練習してるのかよ、素振《すぶ》りとかさあ——」

キャッチボールとか、とカズにいわれて、じいちゃんのことを考えた。じいちゃんにキャッチボールの相手をしてもらえればうまくなりそうな気がする。クラブに入る前は、カズの家にまで行って練習してたのに、今はクラブで十分《じゅうぶん》と思っている。

「ううん、何にも……」

「だめだよ、練習ない日は自分でやらなくちゃ。今日《きょう》うちに来《く》る、ん」

カズは浩太《こうた》のことを自分のことのように考えてくれている。そういうことをいってくれるのはカズだけだ。でも浩太は、今日《きょう》はいいと首を横に振《ふ》った。

「じゃあ一人《ひとり》でまず、素振《すぶ》りから始めるか」

「そうだ、それにしよう」

絶対《ぜったい》百回はやるぞと決めたとき、JA《ジェイエイ》の角《かど》に来ていた。カズといっしょの帰り道はすぐ終わってしまう。カズは右に曲がり、浩太は真《ま》っ直《す》ぐ行く。

「今日は絶対練習しろよ、ほら」

カズは自分が振り回していた木の枝《えだ》を浩太に渡《わた》した。

「いらねえよ、こんなもの。バットがある」

「いつでも何か握《にぎ》っていると、手に力がつくんだってよ」

カズがまじめな顔をしていうと、そのまま、じゃあなといって行ってしまった。

走りだしたカズを見ると、木の枝を渡して身軽になったように見える。なんだかだまされたような気がした。

——練習か。

一人になると、木の枝《えだ》をバットの握《にぎ》り方で持っていた。道端《みちばた》にあるエノコログサを枝のバットでなぎたおした。

木の枝でエノコログサがすぱっと切れると思ったけど、穂《ほ》も折《お》れなかった。ムキになっているうちに、家の石塀《いしべい》に着いてしまっていた。一瞬《いっしゅん》どきっとした。何か忘《わす》れ物《もの》をしている感じ。

「そうだ、じいちゃんの小屋だ」

すぐにでもじいちゃんの建築現場《けんちくげんば》が見たくなった。木の枝を放り出し、玄関《げんかん》を通《とお》り過《す》ぎて、ちっちゃな建築現場に行った。

昨日《きのう》掘《ほ》られた穴《あな》に、板枠《いたわく》が付《つ》けられていて、わきに板やバケツが転がっていた。じいちゃんとしげるさんがタバコをふかしている。

じいちゃんたちのそばに行こうとして、今日《きょう》も一度立ち止まってしまった。

――じいちゃん、怒《おこ》っているかもな。

ゆうべの父さんや母さんのことを思い出した。

「世間体《せけんてい》っちゃ、な、自分よく見せてえから――」

じいちゃんが怒って父さんにいった言葉も覚《おぼ》えている。足がすくんだ。でも、しげるさんが浩太《こうた》に気がついてくれた。

「ほら、良夫《よしお》ちゃん、孫《まご》が帰って来たぞ」

しげるさんが意味ありげに笑《わら》っていった。

「うん、せがれはせがれ、孫は孫だ。しょうがねえな」

じいちゃんもそういって笑《わら》った。

「浩太、見てみろ、二人《ふたり》でここまでやっちゃったから」

あごで目の前の板枠《いたわく》を指した。怒《おこ》ってはいなかった。昨日《きのう》みたいに晴れ晴れとしたじいちゃんだった。

「年寄《としよ》り二人で、コンクリまで打っちゃったんだぞ」

しげるさんが自慢《じまん》げにいった。行くと、板枠《いたわく》の中にコンクリートが流《なが》しこんであった。

「浩太、足なんかつっこんで、足跡《あしあと》つけんじゃねえぞ」

じいちゃんは小さい子にいうみたいにいう。

「そんなことしねえよ、なあ、もうでかいんだから。それに今のセメントは乾《かわ》きが早いよ」

しげるさんが笑いながらいった。二人は立ち上がると、さっきから見ているはずの建築現場《けんちくげんば》をまた満足《まんぞく》そうに見た。

「何ができるの、じいちゃん」

浩太《こうた》は思いきって聞いてみた。

「じいちゃんの御殿《ごてん》だ」

じいちゃんがすましていうと、しげるさんが笑《わら》った。

「なんとまあ、ちっちゃい御殿だごと」

たて三メートル、横四メートルくらいの広さの御殿だなんて、浩太にも笑えた。


国語の教科書を十八ページも読むのが宿題だった。ほかのクラスよりも遅《おく》れているらしい。変《へん》なねずみの話でおもしろかったが、二ページ読むと目が痛《いた》くなった。五ページまでいったとき、残《のこ》りのページ数《すう》を数《かぞ》えた。あと十三ページも残っているとわかると、眠《ねむ》くなった。ベッドの上の段《だん》に教科書を持《も》ちこんで転がった。

たぶん、眠ってしまったんだと思う。庭先で砂利《じゃり》をけちらして止まった車の音で飛《と》び起《お》きた。母さんだった。いつもより早い帰りだ。

急いで教科書を持って机《つくえ》にいった。教科書を広げたとき、どうしてこんなにびくびくしなくてはいけないのか不思議《ふしぎ》に思う。

そのとき、帰ろうとしていたのか、しげるさんの声が聞こえた。すぐしげるさんの車のエンジンがかかる。

でも、母さんが家に入ったようすがない。浩太《こうた》は部屋《へや》を出て、茶の間にいった。母さんが、外の水道でスコップなんかを洗《あら》っているじいちゃんのところにいっている。何かいいたくて、早く帰って来たみたいだ。

「おじいちゃん、どうして新しい小屋なんかいるんです」

ときどき聞こえないふりをするじいちゃんに向かって、母さんが大声を出した。じいちゃんはゆっくりと振《ふ》り返《かえ》った。茶の間のレースのカーテンが、夕立の前のような強い風に吹《ふ》かれて舞《ま》い上《あ》がった。

「ああ、おれがいるんだ」

つっけんどんな答えだった。すぐ向き直って、水道の水を目《め》一杯《いっぱい》出して、スコップの背中《せなか》に当てた。水しぶきが母さんのところまで飛《と》んだ。

「どうしても作らなきゃならないんですか。どうしても……」

母さんはよけなかった。じいちゃんに頼《たの》みこんでいる感じだ。

浩太《こうた》は母さんも世間体《せけんてい》を大事にしているような気がした。

じいちゃんが蛇口《じゃぐち》をひねって振《ふ》り向《む》いた。

「コンクリートは、固《かた》まっちゃったよ――」

遅《おそ》かったなと、薄笑《うすわら》いを浮《う》かべた。風が止《や》んで、横に流れていたカーテンが降《お》りてきた。

浩太は、じいちゃんの勝ちだなと思った。でもなんだか、もっと重苦しい気持ちになった。

五　雨の中

トレーの上に残《のこ》っているのはグレープゼリーと牛乳《ぎゅうにゅう》だけになった。好《す》きなものと嫌《きら》いなものが残ってしまった。しかたなく牛乳を飲んでいると、窓《まど》の外を気にしながらカズが浩太《こうた》の席《せき》に来た。

「何だか、雨降《ふ》りそう」

カズがしょんぼりいったのに、浩太は一瞬《いっしゅん》笑《わら》いそうになった。あわてて困《こま》ったような顔をして、

「雨だったら、練習なしかな」

と、心配そうな声で答えた。カズは野球がしたくてたまらない。だからうれしい顔なんか見せられなかった。

まだ、少ししか守備《しゅび》練習もしていないのに、浩太《こうた》は自信《じしん》をなくして、球拾《たまひろ》いの方が楽しかったなんて考えている。そんなことはカズにはいえなかった。

「せっかくなあ、きのう素振《すぶ》り二百回もやったのによ」

カズは空ばかり見ていた。

——そうか、素振り二百回か。よくできるよな。百回じゃ足りなかったんだ。

道路を通るだれかに見られると、素振りもできない自分が変《へん》かもしれない。じいちゃんにだったら平気だけど……。

自分の気持ちみたいにすっきりしない空を見上げた。

給食《きゅうしょく》の時間が終わると、浩太とカズは大《だい》ちゃんたちにサッカーに誘《さそ》われた。

外は細かい雨が降《ふ》りだしていた。

「このくらいの雨だったら、練習できるよな」

カズがうれしそうに聞いてきた。浩太は複雑《ふくざつ》な気持ちでうなずいた。でもサッカーは楽しかった。

——遊びなら楽しいのに、練習はどうしておもしろくないのだろう。

小雨《こさめ》が降《ふ》り続《つづ》いていた。ユニホームの上にまだ一度も着たことがなかったウインドブレーカーをはおった。

——雨の日まで、やるのかよ。

カズにはいえなかった言葉が頭の中でうずまいている。バッグとバットケースをしかたなく担《かつ》いだ。でも、外に出ると雨が気持ちよく感じられた。

——やっぱり、野球はいいんだよな。

浩太《こうた》は雨を顔に受けながら走りだした。

グラウンドにはいつもの半分くらいの部員しか集まっていなかった。六年生がほとんど来ていない。サードをやっていた秋山先輩《あきやませんぱい》とキャッチャーの加藤先輩《かとうせんぱい》しかいなかった。浩太《こうた》のやる気がいっきにしぼんでいく。

「なんでえ、なんで六年生だけいいの」

監督《かんとく》も何もいわないし不思議《ふしぎ》な感じがした。

「もう、試合《しあい》ないからだろ、でもいいじゃねえ、その分、おれたちが練習できるんだから」

カズはあっさりそう答えた。試合《しあい》がなくなるとどうして練習しなくていいのか聞きたかった。だけどそんな時間はなかった。準備《じゅんび》運動が終わると四年生は球拾《たまひろ》いの位置《いち》につかされた。浩太《こうた》は五年生のセンターの後ろだった。

四年生はその日、守備《しゅび》につくこともバッターになることもなかった。

「新人戦《しんじんせん》の前に、かぜでもひかれたら困《こま》るから……」

監督《かんとく》はそういって、練習を早めにきりあげた。浩太はなんだかすっきりしなかった。

――練習ないんだったら、来なきゃよかった。

そう考えたとき、球拾いの方が気楽でいいと思っていた給食《きゅうしょく》の時間のことを思い出した。頭の中がごちゃごちゃしてきた。

「なんだか、わかんなくなってきた」

とつぜん声になって出てしまった。

「おお、なんだよ、浩太」

いっしょにボールのかごを持っていたカズがびっくりして立ち止まった。

「なんでもない、ひとりごと、ひとりごと」

浩太《こうた》はあわてて、何度も首を横に振《ふ》った。

玄関《げんかん》に入ると、サキのはしゃぐ声がした。ばあちゃんと茶の間にいるらしい。サキはいつもばあちゃんにくっついている。いつもなら何でもないことなのに、今日《きょう》はおもしろくなかった。

浩太はわざと大きな音を立てて、バッグとバットケースを放り出した。

「浩太かい、お帰り」

ばあちゃんは、浩太の乱暴《らんぼう》なのを怒《おこ》らなかった。それも浩太にはおもしろくなかった。

「ただいま」

ばあちゃんを怒鳴《どな》りつけるようにいうと、廊下《ろうか》をどかどか歩いて、部屋《へや》のドアをばたんと閉《し》めた。ベッドに転がろうとして、ユニホームがぬれていることに気づいた。シャワーを浴《あ》びて着《き》がえなければならない。そのときはっと気がついた。

――そうだ、着がえる前に……。

じいちゃんの建築現場《けんちくげんば》を見て来よう。今日はどこまで進んだろう。浩太は廊下を走って行って、玄関でサンダルをつっかけた。

建築現場《けんちくげんば》には青いシートがかかっていた。そばにじいちゃんが傘《かさ》をさして立っている。どうしても一瞬《いっしゅん》立ち止まってしまう。去年までだったら、じいちゃーんと、何でもなく駆《か》け寄《よ》れた。ときにはうるさそうに追いはらわれたが、それでもつきまとっていた。

青いシートの下が今日《きょう》はどうなったのか見てみたい。浩太《こうた》は思いきって声をかけた。

「じいちゃーん」

傘が動いて、じいちゃんが顔を見せた。

「浩太か、どうしたぁ、びっしょりだぞ――」

傘の中に入れ、といってじいちゃんはあらっぽい手招《てまね》きをした。いわれたとおりに傘の中に入った。

「雨ん中、野球か、おもしれえか、野球……」

じいちゃんは静《しず》かに聞いてきた。ひさしぶりだった。じいちゃんに何か聞かれるなんて。

「うん、まあね」

本当は雨の中の球拾いで、ちっともおもしろくなかったけど、はずんだ返事になってしまった。

「まあだ、球拾《たまひろ》いしかさせてもらえないのか」

シートに当たる雨音も静《しず》かだけど、じいちゃんの声も静かで何でも話してしまいそうになる。

「火曜日、センター守《まも》って、そのあと打たせてもらった」

「それで、うまくいったか」

じいちゃんがタバコを取り出した。じいちゃんがずうっと返事を待っているような気がした。フライもゴロもとれなかったし、バットにボールはかすりもしなかった。どう答えていいかわからない。

「まあ、初《はじ》めてじゃ、しょうがねえやな」

じいちゃんは、答えづらそうな浩太《こうた》の気持ちを読み取っていた。

「そうだね」

「ほうだ、何事も、三日、三ヶ月、三年だ。それに浩太、つらい思いをしねえとおもしろくならねえんだ」

そして、三日、三ヶ月、三年の意味がわかるかと聞いた。浩太は首を横に振《ふ》った。

「三日続《つづ》けられりゃ、三ヶ月がまんできる。三ヶ月がまんできりゃ、三年続けられる。そうす

りゃ何でも本当におもしろくなるわな」

じいちゃんのいっているとおりだ。つまらないことばかり考えていないで、三ヶ月、三年をやってみようと思った。

じいちゃんはタバコをふかしながら、青いシートを見つめていた。シートの小さなくぼみに雨水がたまると、すーっと流れ出す。それがあちこちで起きる。静《しず》かで単調《たんちょう》な雨音。ずうっとここにいたい気持ちになった。

しばらくして、聞きたかったことを思い出した。

「じいちゃん、今日《きょう》は何かしたの」

青いシートを指して聞いてみた。

「気になるか、浩太《こうた》も」

「うん」

じいちゃんはタバコをもみ消すと、にやりと笑《わら》った。

「今日は、しげるが自分とこで、材料刻《ざいりょうきざ》んでっぺ。だからこっちは休みだ――」

明日《あした》は二人だけでジョウトウシキだといった。骨組《ほねぐ》みができた祝《いわ》いだそうだ。こう書くんだといって、指でシートをなぞった。

「上棟式《じょうとうしき》って、何するんで」

じいちゃんといると、じいちゃんの言葉になる。友達《ともだち》になった気分だ。

「ああ、酒《さけ》飲むだけだ」

というと、風邪《かぜ》引《ひ》くから着がえろと、浩太《こうた》の肩《かた》をつかんで押《お》し出した。傘《かさ》を差《さ》しかけたまま、玄関《げんかん》まで送ってくれるつもりらしい。

「じいちゃん、楽しみだね、御殿《ごてん》ができんの」

「うん、おれには御殿以上《いじょう》の小屋だ」

じいちゃんはやっぱり玄関の前で止まってくれた。

玄関に飛《と》びこむと、

「御殿、御殿」

といって、廊下《ろうか》を走った。そして、

「野球、野球」

といって、バスルームに駆《か》けこんだ。

六　建前《たてまえ》

「浩太《こうた》、起きろ」

監督《かんとく》が浩太にノックをしていた。ちゃんと守備《しゅび》についているのに、何度も起きろという。うるさいなあといいたいのに声が出ない。

「浩太、寝《ね》ぼけてねえで、起きろ」

監督がホームベースのところで笑《わら》っていたと思ったら、目の前に顔があった。若《わか》い監督と違《ちが》う。老人《ろうじん》の顔だ。そこで目が覚《さ》めた。じいちゃんだった。

「起きたか」

「うん」

じいちゃんの顔が目の前にあった。浩太が時計を見ようとしたとき、じいちゃんがしぃーと

唇《くちびる》に指を当てた。父さんや母さんにないしょなのがわかった。母さんたちになんでも話してしまう下の段《だん》のサキに起きられたら困《こま》るのだ。

「今日《きょう》、おれが上棟式《じょうとうしき》やるっていったんべ、浩太《こうた》今日は練習ねえ日だんべ、何人でもいいから友達《ともだち》連れてこ、あのカズもな」

「うん、なんで友達連れてくんの」

まだ目の覚《さ》めていない頭には、のみこめない話だった。でもじいちゃんがあせっているのが分かった。

「うん、祝《いわ》いごとだからさ、お菓子《かし》だの金だのばらまくから、十人くらい連れて来たってかまわねえぞ――」

いいな、浩太、早く起こして悪かったな、といって、じいちゃんは部屋《へや》を出て行った。

――上棟式、カズ、友達十人、ばらまくお菓子とお金。

浩太はベッドに座《すわ》りこんで、じいちゃんにいわれたことを頭の中で繰《く》り返《かえ》した。そして、じいちゃんに起こされたなんて、何年ぶりだろうと考えた。うれしかった。

「友達十人、か」

ベッドの上で、カズ、大《だい》ちゃん、気難《きむずか》しい翔太《しょうた》も誘《さそ》うかなと考えた。あと七人、教室のみんなを思《おも》い浮《う》かべた。

一時間目からカズは空を見上げて、ため息をついていた。ため息の原因《げんいん》なんてすぐわかる。雲一つない秋晴れ、でも今日《きょう》はクラブのない日。野球ができないのがショックみたいだ。浩太《こうた》でさえ、球拾《たまひろ》いでいいから走り回りたいと考えるほどいい天気だ。

——じいちゃんの上棟式《じょうとうしき》にはよかったけどな……。

浩太はまだ、カズに上棟式の話をしていなかった。どうも「式」という字がつくのが気になる。入学式、始業式、どんな「式」もじっと静《しず》かにしていなければならない。それに算数だって、式を書かないと×にされる。

——でも、お菓子《かし》だのお金もばらまくっていうし……。

ばらまく、というのもちょっとわからない。一度もそんなもの見たこともない。楽しみな感じはするけど。

ふと、じいちゃんの言葉がうかんできた。

「――お前、今日《きょう》は練習ねえ日だんべ――」

――じいちゃんは、ぼくの野球の練習日を知っていたんだ。

ほわっとしたうれしさがこみ上げてきた。

――休み時間にカズに話してみよう。

そのときだった。先生に見られたような気がした。あわてて教科書に目をやった。

「林君《はやし》、そんなに外が気になるんなら、教室にいなくてもいいのよ。教室は勉強するところなんですからね」

注意されたのはカズだった。ほっとしたとたん、おかしさがこみ上げてきた。こらえきれなくて、くくくって声になってしまった。

「井上君《いのうえ》、林君のことを笑《わら》っている場合じゃないでしょ。ぼうっとして、教科書も見てないんだから」

浩太《こうた》も教室を出されるのかと思った。カズといっしょならいいやなんて考えたとき、チャイムがなった。

――今日はついてるぞ。

先生が何かいっていたような気がした。

「おっ、カズ」

カズは不機嫌《ふきげん》そうな顔で振《ふ》り向《む》いた。

「浩太《こうた》、止《や》めろよ。お、カズっていうのは、給食《きゅうしょく》みてえだろ」

カズは、ぷいと前を向いて机《つくえ》にほおづえをついた。まじめなカズは、先生に注意されたのを気にしているようだ。

「今井《いまい》のばあさんに注意されたくらいで、どうってことねえだろ」

こういうとき「ドンマイ」を使うのだと気《き》がついた。

「カズ、ドンマイドンマイ」

カズがいきなりふきだした。

「浩太にドンマイなんていわれたら、調子くるうだろ」

カズが笑《わら》っていて、なかなか上棟式《じょうとうしき》の話に入れなかった。

「今日《きょう》さあ、うちにこない――」

じいちゃんがカズに来てもらいたいといっていたと伝《つた》えた。お菓子《かし》やお金をばらまくこともいった。

「浩太《こうた》のとこのおじいちゃんにいわれたんじゃあな、なにするんだかしらないけど――」

カズはすぐ、いいよといってくれた。一人確保《かくほ》できた。あと九人だ。

そんなとき、大《だい》ちゃんが声をかけてきた。

「そこの二人、教科書も見てないんだったら、廊下《ろうか》に立っていなさい」

先生みたいないい方をして笑《わら》っている。ナオがおおげさに腹《はら》をかかえて笑った。

浩太は一瞬《いっしゅん》むっとしたが、大ちゃんの口の悪いのはなれている。無視《むし》して、

「あと、九人集めなくちゃいけないんだ」

と、カズにいった。カズは大ちゃんたちの方を見て、

「ああいうのでも、かまわねんじゃねえの」

というが早いか、大ちゃんたちを手招《てまね》きしている。浩太も十人になればいいと思った。

「なんだよう、六番コンビ」

大ちゃんはまるでけんかでも売られたみたいに、こわい声をだすと、子分のナオを連《つ》れてやっ

てきた。

「大《だい》ちゃん、今日《きょう》、ひま」

カズが軽くいったのに、大ちゃんはつっかかってきた。

「ひまだから、どうした」

なんだか危《あぶ》ない雰囲気《ふんいき》になった。違《ちが》うやつにすればよかったと思った。でも、カズはなんとも思っていない。

「今日さあ、浩太《こうた》んとこで、上棟式《じょうとうしき》っていうのやるんだって、お菓子《かし》とかお金なんかばらまくんだって、行く」

カズがいったとたんに大ちゃんの顔色が変《か》わった。

「行く行く、なんだ、早くいってくれよ。なんか文句《もんく》でもあるんかと思ったぜ」

そして、ナオも連《つ》れて行っていいかと聞いてきた。

「いいよ、全部で十人くらい誘《さそ》って来いって、じいちゃんがいっていた」

いつも怒《おこ》ったり、文句ばかりいっている大ちゃんて、けっこういいやつなんだと思った。

「じゃあさ、あと何人だ」

といって、指を折《お》って、七人だというのを確《たし》かめた。

「それさあ、ちっちゃいのでもいい」

「うん、かまわないよ、きっと」

「浩太《こうた》、あと七人、おれにまかしてくんない」

大ちゃんが、浩太の顔の前で手を合わせた。

「うん、いいよ。でも学校終わったら、すぐだからね」

「おお、サンキュー、さすが六番」

六番にはかちんときたけど、十人集まると思うとほっとした。大ちゃんとナオはうきうきしながら席《せき》にもどった。

「うまくいったろ、浩太」

カズが小さくピースサインを作った。浩太もカズにそれを返した。

二時間目、大ちゃんがちらっちらっと、浩太を見てくる。目が合うとにやって笑《わら》って、力のこもったピースサインを作った。浩太も返した。でもあまりたびたびなので、あとは気づかないふりをした。

大《だい》ちゃんは浩太《こうた》に無視《むし》されても、あいかわらずにやにやしていた。よほどうれしいみたいだ。

——どうして、そんなにうれしいんだろう。

浩太は、去年大ちゃんがだれか女の子の誕生会《たんじょうかい》に呼《よ》ばれなくて、怒《おこ》ったことを思い出した。

——そうか、だからか。

いいことをしたと思った。そのときだった。

「相馬君《そうま》」

と、今井《いまい》先生の金切り声が教室中に響《ひび》き渡《わた》った。今度は立たされると思った。大ちゃんはにたにたしながら立ち上がった。浩太は必死《ひっし》に笑《わら》いをこらえた。

家が見えたとき、浩太はびっくりした。家の東側《ひがしがわ》に骨組《ほねぐ》みだけの小屋が建《た》っていた。白っぽい木の色がまぶしかった。

思わず走りだしていた。そのまま玄関《げんかん》を素通《すどお》りして、骨組みの前に立った。さっきより大きく見える。

「じいちゃん、十人来るって」

息を切らせながらいった。じいちゃんとしげるさんは土台の上の材木《ざいもく》にまたがって、日本酒を飲んでいた。お祝《いわ》いの酒のようだ。

「ああ、ありがとう、来たら始めっかんな」

じいちゃんもしげるさんも赤い顔をしていた。

「子どもが十人も来るなんて、本格的《ほんかくてき》な建前《たてまえ》になるな」

しげるさんが屋根のほうを見上げていった。立《た》て札《ふだ》が柱にしばりつけてある。祝上棟《しゅくじょうとう》と書いてあった。

「昔は上棟式《じょうとうしき》のことを建前《たてまえ》っていってたんだ。村中の子どもが集まったもんだ」

「じいさんばあさん、いい大人《おとな》まで来てたな」

しげるさんがコップの酒を飲《の》み干《ほ》すと、手のひらの上でとんと逆《さか》さにした。そして、その手のひらをなめた。

「しげるもずいぶん、しみったれた飲み方するなあ」

じいちゃんがはははと笑《わら》う。

「昔ののんべえの飲み方、思い出したんだ」

しげるさんが立ち上がった。

「そういう大人《おとな》が多かったもんな」

じいちゃんはテーブル代わりの材木《ざいもく》から、刺身《さしみ》が入っていたらしいトレイと豆腐《とうふ》のパックをかたづけた。

「もう、そろそろか、浩太《こうた》ちゃん」

「うん、もう来ると思う」

浩太ははりきって答えた。二人の楽しみを応援《おうえん》しているようでうれしい。じいちゃんがこれをまくんだといって、お菓子《かし》やインスタントラーメンの箱《はこ》と、小さめの空き箱を見せてくれた。空き箱の中には白い紙で包《つつ》んだお金みたいなものが入っていた。

「最高《さいこう》は百円だ。あとは五十円と十円玉。五円じゃいくら子《こ》どもでも失礼《しつれい》だと思ってよ」

じいちゃんはお金の入った箱を持って、脚立《きゃたつ》を上り、天井《てんじょう》に敷《し》かれた板の上に乗った。下からしげるさんがラーメンの箱を上げている。そんなとき、玄関《げんかん》で、

「井上《いのうえ》くーん」

と呼《よ》ぶ声がした。

井上君《いのうえくん》なんて、だれが呼《よ》んでいるのだろうと思って、玄関《げんかん》のほうに駆《か》けていくと、小学生たちを引《ひ》き連《つ》れた大《だい》ちゃんとナオだった。

いつもは呼《よ》び捨《す》てにしたり、今日《きょう》みたいに「六番」なんてバカにした呼び方しかしないのに、まじめくさっている大ちゃんがおかしかった。

いっしょに来た小学生たちはみんなランドセルを背負《せお》っている。学校からまっすぐ浩太《こうた》の家に来たようだ。

そういえば大ちゃんやナオは学校から一時間近くかかる萱場《かやば》というところから通学している。萱場は牛やニワトリを飼《か》っている農家の多いところだ。

大ちゃんがみんなを紹介《しょうかい》してくれた。全員見たことがあるけど、話したことはない。

「五年のなっちゃん、三年のケンボウと美香《みか》、二年のトシボウと一年のハナエだ」

なっちゃんと呼《よ》ばれた五年生は大ちゃんより小さくて、大ちゃんのいいなりになっている感じだ。男の子たちは家の中をのぞいたり、骨組《ほねぐ》みだけの小屋を見たりしていた。

そのとき、一年のハナエちゃんが、

「ここ、サキちゃんちだ」

といった。サキの同級生らしかった。

――サキはどこにいるんだろう。ばあちゃんもいないみたいだ。

「ごめんな、いないみたい」

浩太《こうた》はハナエちゃんにあやまった。ばあちゃんまで、じいちゃんの小屋に腹《はら》を立てて、サキをどこかに連《つ》れ出したのかもしれない。家の中がばらばらになっていることが恥《は》ずかしかった。

大《だい》ちゃんたちを小屋まで連れていった。

「待っていろ、もうちょっとしたら、始めるからな」

じいちゃんもしげるさんも、天井《てんじょう》にしかれた板の上に乗った。準備《じゅんび》は整ったようだ。でも、カズが来ていない。

「じいちゃん、カズがまだなんだよ」

「ああ、みんなそろってからだ」

じいちゃんが立って、カズの家の方を見ていた。

「県道に出たところだ。もう一人いるな」

といって、じいちゃんは、はははと笑《わら》った。

「しげる、ありゃあ、おたきさんだ」

しげるさんも県道の方を見た。

「にぎやかになっていいわ――」

今、年寄《としよ》りがくるから、ちょっと待ってくれと、大《だい》ちゃんたちに頼《たの》んでいる。

大ちゃんたちは飛《と》び上がって、じいちゃんたちの足元のお菓子《かし》やラーメンの箱を見つけて、何かいっている。

浩太《こうた》も、もうすぐお菓子やお金がばらまかれると思うと、胸《むね》がどきどきしてきた。

ケンボウと呼《よ》ばれた子は何も入っていないランドセルの口を開けて、飛《と》んでくるものを受ける練習をしている。それを五年のなっちゃんがしかっていた。

「今、県道を曲がったぞ、もう少しだ」

しげるさんが下の子どもたちにいった。そのときだった。庭に白い大きな車が止まった。するとハナエちゃんが車に向かって走りだしていった。

「サキちゃーん」

サキが白い車の助手席《じょしゅせき》に乗っている。運転しているのは宇都宮《うつのみや》のおばさんだった。ばあちゃんも乗っている。

「お父さん、ちょっと待ってて」

おばさんがじいちゃんに向かって、声をはりあげた。トランクを開けて、段《だん》ボール箱《ばこ》を取り出した。

おばさんとばあちゃんが一個《こ》ずつ箱を持って、小屋にやってきた。

「ふう、まにあった」

おばさんは箱を抱《だ》いて、脚立《きゃたつ》を一段《だん》上り、上のじいちゃんに手渡《てわた》した。

「よく来たな、里美《さとみ》」

「うん、お母さんが、お父さんが小屋作って、今日《きょう》が上棟式《じょうとうしき》だって電話くれたから」

太り気味のおばさんがはあはあしながらいった。おばさんはお彼岸《ひがん》やお盆《ぼん》には必《かなら》ず来る。サキの入学のお祝《いわ》いにもかけつけてくれた。

ばあちゃんはちょっとさめた目で、骨組《ほねぐ》みだけの小屋を見渡《みわた》しながら、おばさんに二つ目の箱を渡した。

「まったく、何する気だか、久志《ひさし》たちがなんていうか」

ばあちゃんはぼそっとつぶやいた。でも口元が笑《わら》っていた。父さんや母さんのことを考えると困《こま》るけど、何かおもしろがっているように見える。

じいちゃんがおばさんの持ってきた箱を開けて、おおっとおどろいたような声を出した。

「もちかよ、よく気《き》がついたな、里美《さとみ》」

よほどうれしかったようだ。泣《な》きだしそうな声になっている。

「餅屋《もちや》さんに、特急《とっきゅう》で作ってもらったんだから」

おばさんが自慢《じまん》げにいう。

「建前《たてまえ》には紅白《こうはく》のもちがつきものだもんな」

しげるさんも目の縁《ふち》をこすりながらいった。

カズが来た。腰《こし》の曲がったおばあさんを連《つ》れている。

「遅《おそ》いよ」

浩太《こうた》がカズに文句《もんく》をいっていると、おばあさんは一生懸命《けんめい》腰《こし》をのばして、じいちゃんたちにあいさつした。

「いやあ、建前があるっていうんで、孫《まご》に無理《むり》いって連れてきてもらったんだ。もう、生きてるうちにこんなごとなかんべなあ、ありがたいこってす」

おばあさんは小屋に向かって手を合わせて拝《おが》んでいる。

「さあ、建前《たてまえ》始めっつお」

浩太《こうた》はカズとならんで、守備《しゅび》の姿勢《しせい》をとった。大《だい》ちゃんは誰《だれ》もいない裏側《うらがわ》に回っている。ケンボウはランドセルの口を開けて胸《むね》にかかえた。のんきなのはサキとハナエちゃんだ。まだおしゃべりを続《つづ》けている。

じいちゃんにいわれて、おばさんも上に上がった。板がしなったように見えた。

「ほれーっ」

じいちゃんのかけ声で、建前のばらまきが始まった。まずはお金の包《つつ》みが降《ふ》ってきた。わあーという歓声《かんせい》。ばたばたと駆《か》けだす子。みんなが拾い始める。浩太も、カズやほかの子たちと夢《む》中《ちゅう》になって取り合った。

お金が終わると、インスタントラーメンが降ってきた。浩太はやっぱりフライが取れなかった。はじいて、下に落ちたのを拾った。お菓子《かし》のフライも受けられなかった。

でも、最後《さいご》の紅白《こうはく》のもちは一袋《ふくろ》受けることができた。

大騒《おおさわ》ぎだった建前《たてまえ》のばらまきが終わった。ばあちゃんがみんなにビニール袋《ぶくろ》を渡《わた》している。みんな持ちきれないほどのお菓子《かし》や餅《もち》やラーメンを抱《かか》えていた。

「ありがとうございました。ありがとうございました」

カズのおばあさんが何度も頭を下げてお礼をいった。

「おたきさん、ちゃんと仕上がったら、また来とごれ」

じいちゃんがうれしそうにいった。


「どうもね浩太《こうた》君、また明日《あした》学校で」

大《だい》ちゃんがまたあらたまったいい方をした。

「ありがとうございました」

大ちゃん一行は声を合わせていって、帰っていった。

「じゃあな」

カズはそういって門を出るとき、指を三本出してふって見せた。カズは三百円も拾ったらしい。浩太は七十円だった。

「兄さんたちと、仲良《なかよ》くしなくちゃだめじゃない。いろいろ聞いたわよ」

おばさんは、じいちゃんにそれだけいって、さっさと帰っていってしまった。

ばあちゃんとサキも家の中に入って、浩太《こうた》とじいちゃんたちだけが小屋の回りに残《のこ》った。

「いやあ、たいした建前《たてまえ》になったな」

「大勢《おおぜい》集まるのはいいもんだ、しげる」

浩太もそう思う。みんなが集まったから楽しかった。みんなが集まったら……、今のさびしい茶の間も楽しくなるのかもしれない。そんなところができてくれたらいいと思った。

「明日《あした》は、屋根だな、しげる」

「良夫《よしお》ちゃんがいってたスギッカワ、大丈夫《だいじょうぶ》だって」

「ああ、そりゃあよかった。日曜日あたり、台風来るっていうから、その前に終わらさなくちゃあな」

じいちゃんたちは台風の心配をしながら、明日のこと、あさってのことを楽しげに話している。腕《うで》を組んで、まだ建前のすんだ小屋を見上げていた。浩太も見ていた。ずうっと見ていてもあきなかった。

母さんは県道を西に向かって帰ってくる。大きなカーブを曲がるとき、正面に見える骨組《ほねぐ》みだけの小屋をきっと見つけるはずだ。母さんはどう思うだろう。浩太《こうた》は何か起きそうな気がして落ち着かなかった。

しかし、家に帰ってきた母さんは何もいわなかった。見ているはずなのに、小屋のことを口に出さなかった。もうあきらめてくれたのかもしれない。そう考えると気が楽になった。

七　フライがとれた

土曜日は朝八時から、野球の練習が始まる。七時半には、朝食を食べなければいけないのに、母さんは起きてこない。父さんも、サキもまだ寝《ね》ている。

早くから起きているばあちゃんが、いつものことのように、味噌汁《みそしる》や目玉焼《や》きを作ってくれた。

「休みの日くらい、寝ていたいんだろ」

ばあちゃんはいっているけど、浩太《こうた》はみんなに忘《わす》れられているようでさびしかった。

八時までにはたっぷり時間があったから、小屋に寄《よ》っていくことにした。じいちゃんがいると思った。

じいちゃんは小屋の床《ゆか》に敷《し》いてあった青いシートをはがしていた。小屋の外に運び出すとこ

ろだった。

「おっ、いいところに来た。たたむの手伝《てつだ》え」

シートの反対側《がわ》を持つようにいった。

浩太《こうた》はじいちゃんのさらっとしたいい方が好《す》きだった。嫌《いや》そうにしていたら絶対頼《ぜったいたの》んでこない。もたもたしていたら、自分でやってしまう。それがわかっているから、走っていって、シートの端《はし》を持った。

シートをまず半分に、そしてまた半分にと、半分を何度も繰《く》り返《かえ》した。縦《たて》に長くなったところで、

「よーく、押《お》さえていろ」

といって、じいちゃんが反対側を持って浩太のところにやってくる。そのまた半分を折《お》って浩太のところまで来て、よーしというと、一人で二回、半分に折《お》った。

そして、じいちゃんはシートの下のベニヤ板をとりはらった。

浩太は青いシートに覆《おお》われ、厚《あつ》いベニヤ板に隠《かく》されていたものをはじめて見た。コンクリートだった土台の上に材木《ざいもく》の床《ゆか》になるらしい木枠《きわく》が組んであった。板を打ちつければ木の床にな

るように、材木《ざいもく》が平行に走っている。その端《はし》に、四角い木枠《きわく》を見つけた。コタツくらいの大きさで、木枠の下も四角いコンクリートで囲《かこ》まれている。

「これ、なんでえ、じいちゃん」

浩太《こうた》が四角い枠を指していうと、じいちゃんはびっくりしたような顔をした。

「囲炉裏《いろり》に決まってっぺや、知らねのが囲炉裏」

浩太はあわてて首を横に振《ふ》った。

「知ってる、そうだ、囲炉裏だよ」

浩太は囲炉裏を思い出した。一度父さんや母さん、サキと山奥《やまおく》の温泉《おんせん》にいったとき、囲炉裏で夕飯《ゆうはん》を食べた。初《はじ》めての囲炉裏だった。串《くし》に刺《さ》した魚が焼《や》かれていた。竹のおしゃもじにハンバーグみたいな味噌《みそ》が塗《ぬ》ってあるのも焼かれていた。火の上には鍋《なべ》が掛《か》かっていた。

「囲炉裏か、いいなあ」

そういうと、口の中につばが溜《た》まってきた。

「いかんべ、この小屋もそれが狙《ねら》いよ」

じいちゃんがのけぞるくらい、エラそうにいった。そして、にたりと笑《わら》った。

「スギッカワの屋根ふいたらな、ここに土入れるんだ」

じいちゃんが囲炉裏《いろり》の反対側《がわ》のスペースを指していった。いつの間にか、石が敷《し》き詰《つ》められていた。

「うーん、もう少しだな」

じいちゃんは腕《うで》を組んで見ている。そして、タバコを取り出そうとして、浩太《こうた》のユニホーム姿《すがた》にあわてた。

「お前、練習の時間は」

じいちゃんがあせっていった。うっかりしていた。あわてて駆《か》けだす。

「気いつけていけよ」

じいちゃんはタバコに火もつけないで見送っている。浩太はカズに挨拶《あいさつ》するみたいに右手をふらっとあげた。


どんな屋根になるんだろう。スギッカワっていっていたけど、想像《そうぞう》もつかない。どんどん見たこともない昔の家のようになっていくような気がした。全部楽しみだった。

JA《ジェイエイ》の角でカズが待っていた。道路に落としていた視線《しせん》をゆっくりと浩太《こうた》の方に向けてきた。元気のないのが、一目《ひとめ》でわかった。

「よっ、カズ」

「ああ、昨日《きのう》はどうもな」

カズはそういっただけで、すっと前を歩きだした。

昨日のことを何かいって欲《ほ》しかった。でも、何かいわせるなんてできそうもないくらい、カズは珍《めずら》しく暗かった。大好《だいす》きな野球の練習にいくというのに。

「どうしたんだ、カズ」

「ううん、何でもないよ」

カズは笑顔《えがお》で振《ふ》り返《かえ》ったが、また前を見てしまった。

——どうしたんだろう、今日《きょう》のカズ……。

カズに何があったのかなんてわからない。しつこく聞く勇気《ゆうき》もなかった。カズの暗さは、浩太まで重苦しい気分にさせた。

時間があったせいか、四年生も守備《しゅび》についた。そこでカズは何度もエラーをした。カズのエラーは、センターの浩太《こうた》がカバーする。

「ドンマイドンマイ」

浩太はカズに何度も声をかけた。

何も知らない監督《かんとく》は、カズの右や左にするどいノックを飛《と》ばして、

「ぼけっとしてんじゃねえ」

と、どなってきた。するとカズは、

「もういっちょう」

と、監督にどなり返した。すぐカズの左に地をはうような打球が飛《と》んできた。カズはそれをがっちりとった。

「よーし、次ショート」

監督がショートに顔を向けたとき、カズが浩太を振《ふ》り返《かえ》っていった。

「ありがとな」

浩太は本物のドンマイがいえたと思った。

ノックが外野に回ってきた。監督は三人ともうまくないのを知っていて、五球くらいしか練

習させてくれない。

しかし、浩太《こうた》はカズのがんばりを見て、ぼくもという気になっていた。暗かったカズが立ち直った。一生懸命《けんめい》だった。それが伝《つた》わってきたような気がする。

真剣《しんけん》にかまえて、打球の速さと勢《いきお》いを見るんだと、監督《かんとく》にいわれたことを頭にうかべた。

だけど、本物の打球が飛《と》んでくると、前に行《ゆ》きすぎたり、後ろに下がりすぎたりして、五球とも全部ヒットにしてしまった。でもめげなかった。レフトに声をかけようとした監督に、浩太は大声を張上《はりあ》げた。

「もういっちょう」

監督がにやりとした。勢《いきお》いのなさそうな打球がセカンドの頭を越《こ》えて飛《と》んでくる。浩太は思わず前に行きそうになった足を止めて、打球をよく見た。

急いで五、六歩下がった。正解《せいかい》だった。それでもまだ下がり足りなくて、グラブを頭の上にやった。グラブにボールが当たったのがわかった。手のひらにボールの感触《かんしょく》がある。とったのだ。思わず握《にぎ》りしめそうになった。

「カズに返せ」

監督《かんとく》にどなられて、ぱっとセカンドのカズに返した。ストライクの球がいった。

「いいぞ、センター、その調子だ」

監督がどなってきた。手が勝手にガッツポーズをしている。

「初《はじ》めてだ」

思わずひとり言をいっていた。そしてにやにやしてきそうな顔をつっぱらせた。


「カズ、今日《きょう》もうちに来いよ」

「うん、お昼食ったらな」

カズに元気がもどってきたようだ。大好《だいす》きな野球をやったせいかもしれない。

カズと別れてから、とれたセンターフライのうれしさをかみしめた。ボールをとったときのポーズを作り、カズに投げたフォームをもう一度やってみた。

ふと気がつくと、屋根に乗っているじいちゃんとしげるさんが浩太《こうた》の方を見ていた。あわてて立ち止まったら、足がもつれて転びそうになった。

浩太はできあがった屋根を見た。板を張《は》り終えたらしい。今打ちつけているのがスギッカワかもしれない。

変《へん》なところを見られてちょっと恥《は》ずかしかったけど、浩太《こうた》は走って家に向かった。玄関《げんかん》にバッグとバットケースを放り投げ、そのまま小屋へ行った。

「おお、ちょうどいいとき来た」

じいちゃんが足音を聞きつけて、屋根の下をのぞいた。

「スギッカワ、ぶん投《な》げてくれや」

スギッカワというのは、杉《すぎ》の木の皮をはいだものだった。画用紙くらいに切った杉の皮が何枚《まい》か束《たば》ねてあった。しかし、投げられるような軽さではなかった。浩太は脚立《きゃたつ》に上って、しげるさんに手渡《てわた》した。

「よほど、いいことあったみてだな」

しげるさんが笑《わら》いながらいった。

「何あったんだ、浩太」

屋根をまたいだじいちゃんまで笑《わら》っている。

「今日《きょう》、初《はじ》めてフライとれたんだ」

うれしかったから自慢《じまん》げにいった。

「そうか、そりゃあよかったな、これからどんどん練習がおもしろくなっつぉ、浩太《こうた》」

じいちゃんのいうとおりだと思った。少しでもうまくなれば、きっと楽しくなる。カズが今そうなのだ。

ちらっと暗かったカズの姿《すがた》が頭をよぎった。

杉《すぎ》の皮を屋根に上げると、しげるさんがいった。

「その調子で、午後も手伝《てつだ》ってくれや」

「うん、いいよ」

浩太は気楽に答えたが、じいちゃんが顔をしかめた。

「あんまり、無理《むり》しなくてもいいけどな」

じいちゃんはそのとき、キッチンの方を見ていた。母さんがお昼の用意をしていた。

「じゃあ、お昼食ったら来《く》るよ」

浩太はそういって、玄関《げんかん》にもどった。

キッチンに入るとやっぱり母さんがいた。

「浩太《こうた》、脚立《きゃたつ》になんか上って、けがなんかしないでよ」

母さんが小屋の方を見ながらいった。そんなに心配そうじゃなかった。

「大丈夫《だいじょうぶ》だって、運動神経《しんけい》いいんだから」

フライがとれたら、本当に運動神経がよくなったような気がする。

「へーえ、そうだっけ」

母さんがふきだしながらいった。ひさしぶりに見たような明るい母さんだった。

八　じいちゃんのお宝《たから》

「ごちそうさま」

お昼のそうめんを食べ終えるとすぐ立ち上がった。

「小屋に行くのか」

父さんが聞いた。うんと大きくうなずく。

「おれも、行ってみるかな」

父さんが母さんの顔を見ながらいった。

「じゃまになるだけじゃないの」

「何いってんだ。浩太《こうた》より役に立つわ」

でも、そういっていばった父さんは出てこなかった。まだ、じいちゃんは苦手《にがて》のようだ。

外に出ると、カズが玄関《げんかん》の外にいた。自転車を立てかけて、サドルを持って後ろの車輪《しゃりん》を回している。一目《ひとめ》でカズの暗さがわかった。マンガだったら、自転車とカズの周《まわ》りに縦《たて》の線がいっぱいにひかれているだろう。

「カズ、お前、どうしたんだ」

「まあ、ちょっとな」

カズは何かいいたそうだったが、何もいわないで、先にたって小屋に向かい始めた。

「もうすぐだな、この家も」

カズは小屋といわないで、家といった。

そうだ、小屋じゃない、りっぱな家だ。じいちゃんの御殿《ごてん》だ。今はその御殿がすばらしいものに思える。ちっちゃくても、大ちゃんが連《つ》れてきた登校班《はん》のみんなを喜《よろこ》ばせた。これからも何かありそうだ。

じいちゃんとしげるさんはお茶を飲んでいた。お茶を出しているのはばあちゃんだった。皿におにぎりが一つ残《のこ》っているのを見ると、お昼はおにぎりだけのようだ。

「よお、手伝《てつだ》いの方が早く来ちゃったわ」

最後《さいご》のおにぎりに手を出したしげるさんがいった。

午後からの仕事は、土間《どま》に土を入れることだった。浩太《こうた》とカズに任《まか》せられた。コンクリートを打つときに掘《ほ》り出した土が山になっていた。上の方は赤土が混《ま》じっている。その赤土混じりの土をバケツに入れ、土間に運んであけた。

カズはバケツに山のように盛《も》った。その分重くなったバケツを走るようにして土間に運ぶ。カズは何をやっても一生懸命《けんめい》だ。

「ちょっと、休もうぜ」

カズを無理《むり》やり休ませた。浩太は息が切れていた。カズはしかたなさそうに、小屋の入り口に腰《こし》を下ろした。

「あわてねで、ゆっくりやれ」

家の外側《そとがわ》に二人で板を打ちつけていたじいちゃんがいった。東側《ひがしがわ》の壁《かべ》は終わっていて、じいちゃんたちは北側《きたがわ》の真ん中辺《あた》りをトントンやっている。だんだん囲《かこ》まれていく感じがした。

「良夫《よしお》ちゃんちもおれんちも、外側はこうだったな」

しげるさんが口の中の釘《くぎ》を手に持ちかえていった。

「うん、簡単《かんたん》に作ったんだんべ、昔の人は。その分隙間《すきま》風がひどかったもんな」

「それでも、がまんできたんだから、たいしたもんだな」

打《う》ちつけた板の上に、端《はし》を重ねて上の板を打ち付けるから、小さな隙間ができた。それを二人《ふたり》は懐《なつ》かしんでいる。

「なんだか、いいなあ。こんなうち……」

何も話さなかったカズが、本当に家らしくなってきた小屋を見上げていった。

「そりゃあ、いかんべや、じいちゃんの夢《ゆめ》だからな、なあ良夫《よしお》ちゃん、そうだんべ」

じいちゃんは返事をしなかったが、しげるさんのいうとおりかもしれないと思った。

カズはさっさと立ち上がり、バケツを持って土の山に向かった。あせらなくてもいいのにと思いながらカズのあとを追った。ほんの小さな土間《どま》だ。もうすぐ終わってしまう。

浩太《こうた》たちが赤土混《ま》じりの土を盛《も》って、踏《ふ》み固《かた》めていると、じいちゃんたちの板張《いたば》りも終わった。小屋の中が少し暗くなっている。二つの窓《まど》と、入り口の戸の部分しかあいていないからだ。

ばあちゃんがサキといっしょにお茶を持ってきた。三時になったのだ。

「うわあ、おもしろいおうち、ね、だれのおうち」

サキが小屋の中に飛《と》びこんで来ていった。浩太《こうた》たちは外の余《あま》った杉皮《すぎかわ》の上に腰《こし》を下ろしていた。

「じいちゃんのだ」

ばあちゃんがお茶の道具をお盆《ぼん》ごとじいちゃんに渡《わた》し、サキのあとを追った。

「サキも、こんなおうち、ほしい」

サキの声が聞こえてきたとき、みんなが同時にふきだした。

「じいちゃんが死んだら、サキちゃんにやるってよ」

しげるさんが笑《わら》っていった。浩太は自分がもらいたいと思ったが、じいちゃんが死ぬなんて考えたくない。

「じいちゃん、死ななくていいから、サキにちょうだい」

サキの変《へん》ないい方に、カズまで声に出して笑った。

「だめだ、死んでからだ」

じいちゃんは真顔《まがお》で答える。

「じゃあ、いつ死ぬの」

サキがまじめに聞く。

「サキ、そんなこというと、しかられるよ」

ばあちゃんがあわてて、サキの手を引いた。

「あとは床張《ゆかは》るだけだし、良夫《よしお》ちゃんらは囲炉裏《いろり》の用意でもしたらよかんべ」

「そうさせてもらうか。火ぃおこしてみてえからな」

じいちゃんは湯飲みにお茶をつぐと、端《はし》で静《しず》かにしているカズに差《さ》し出《だ》した。

「一番に、囲炉裏の火ぃ当たらせっから、まだいろや」

「はい」

カズはていねいに頭を下げた。じいちゃんはそれを見て、ばあちゃんにいった。

「子どもらに、お茶だけなんて、気がきかねえババアだ」

じいちゃんは機嫌《きげん》のいいとき、ばあちゃんをババアと呼《よ》ぶ。それを知らないしげるさんがあわててとりなした。

「まあいかんべや、あとでいろいろご馳走《ちそう》してやれば」

「それもそうだな、餅《もち》だって、魚だって焼《や》けるし、イモ串《ぐし》だって焼けるわな、しげる」

じいちゃんはカズにイモ串を知っているかと聞いた。カズが首を横に振《ふ》ると、サトイモを蒸《む》して、皮をむいて、甘《あま》い味噌《みそ》をぬって、焦《こ》げ目《め》がつくまで焼くんだと、つばを飲《の》みこみながらいった。

浩太《こうた》までつばを飲みこむほどうまそうに聞こえた。

「しげる、覚《おぼ》えてっか、おら家のおばやんが、製材《せいざい》所で働《はたら》いていたの」

じいちゃんが杉皮《すぎかわ》をなでながらいった。

「うん、おツネさんだんべ。見にいったことあっぺ、杉っ皮むきしてたな。水がなくて水車が回らなくてよ」

しげるさんも、自分の尻《しり》の下にあった杉皮を取った。

「水車も、製材所もいつの間にか、なくなっちまった」

じいちゃんは立ち上がると、西の方を見て、宇都宮街道《うつのみやかいどう》の脇《わき》にあったんだといった。

じいちゃんたちのさびしい気持ちが伝《つた》わってきた。でも、杉皮でじいちゃんのおばやんという人が帰って来たような気がした。そして、つながっていることがうれしく思えた。

しげるさんが床板《ゆかいた》を張《は》っている間、じいちゃんといっしょにミニハウスの中の物を取り出した。家壊《いえこわ》しのときに取っておいた物だろう。古そうな物が出てきた。吊《つ》り下げて使うような鍋《なべ》が出てきたと思ったら、その鍋を吊り下げる、先に鉄の？マークのようなものがついた長い竹《たけ》筒《づつ》が出てきた。

じいちゃんはそれを見つけたとき、大声を出した。

「あった、あった。ほら、これだこれ、これが自在鉤《じざいかぎ》ってもんだ」

ほこりだらけのその自在鉤を、懐《なつ》かしそうにしばらくなでていた。

じいちゃんはいろいろ出して、小屋に運ぶようにいった。ただ自在鉤だけは自分で持っていった。浩太《こうた》はランプと鍋を持ち、カズは鉄瓶《てつびん》と五徳《ごとく》という鉄瓶を置《お》く台のような物を運んだ。

じいちゃんは一つ一つ、名前と何に使うか教えてくれた。三年のとき勉強したはずだけど、あのときはちっとも身近に感じられなかった。ただの教科書の写真だった。でも今日《きょう》は、じいちゃんが使ったもので、これから使うのだと思うと、わくわくしてくる。

背負《せお》い梯子《はしご》と、丸太のようなものにいくつも穴《あな》の開いている、ムシロ織機《おりき》の「ひ」というものが出てきた。

背負い梯子は、じいちゃんの父《とう》ちゃんや母《かあ》ちゃんが豆腐《とうふ》売りに使ったもの。ムシロ織機の「ひ」は、母ちゃんが使《つか》いこんだから、磨《みが》いたように光っているといって、じいちゃんはほこりを払《はら》って見せた。木の木目がはっきりと浮《う》かび上《あ》がってきた。

浩太《こうた》もカズも両手でしっかり持って、小屋に運んだ。宝物《たからもの》を運んでいる気分だ。しげるさんが張《は》り終えた床板《ゆかいた》の上にそっと置《お》いた。

じいちゃんも来《き》て、麻袋《あさぶくろ》を土間《どま》に置《お》いた。

「これがおれの宝物だ」

じいちゃんがふーっと息をついて、背中《せなか》を伸《の》ばす。かなり重かったようだ。しげるさんが板を打つ手を止めた。

「どーれ、おれも手伝《てつだ》うべ」

じいちゃんが袋《ふくろ》のひもをとき、しげるさんが袋の片方《かたほう》を持った。二人《ふたり》は小石がたっぷり埋《う》まっている囲炉裏《いろり》まで持っていった。

せーのというかけ声で、袋《ふくろ》を逆《さか》さにした。入っていたのは灰《はい》だった。固《かた》まっていた灰が囲炉《いろ》裏《り》で山になった。

「みんなが昔、突《つ》っつきまわした囲炉裏の灰だ」

じいちゃんがそういって、両手で灰の山をくずした。目をつむって、遠い日を思い出すように、平らにしている。

「良夫《よしお》ちゃん、これで終わったも同然《どうぜん》だな」

「うん」

建前《たてまえ》はにぎやかな式だったけど、これも何か儀式《ぎしき》のように思えた。しみじみとした儀式だ。

浩太《こうた》も手を出して灰をくずし、カズもしげるさんも両手を灰の中に入れた。いろんな人に会ったような、奇妙《きみょう》な気分になった。

九　カズの悩《なや》み

囲炉裏《いろり》に自在鉤《じざいかぎ》が下がると、じいちゃんは火をたかずにはいられなくなった。みんなが材木《ざいもく》や板の切《き》れ端《はし》、庭木の木の葉、花壇《かだん》の枯《か》れた草花を囲炉裏の縁《ふち》に持《も》ち寄《よ》ってきた。

じいちゃんが鉄瓶《てつびん》を持って、外の水道へ洗《あら》いに行く。もう母さんや父さんの目も気にしていない。念入《ねんい》りに洗《あら》って、水をくんできた。

その間に浩太《こうた》たちは、三組もあった鉄の箸《はし》で囲炉裏の灰《はい》をかきならした。鉄の箸は火箸《ひばし》というらしい。中から炭や木の燃《も》えカスも出てきた。しげるさんが火箸で上手《じょうず》に中央に盛《も》り上《あ》げた。

「いや待てよ、一把《わ》ぐらいたき木があったわけだぞ」

といって、じいちゃんはまた小屋を飛《と》び出《だ》していった。

「あった、あったぞ」

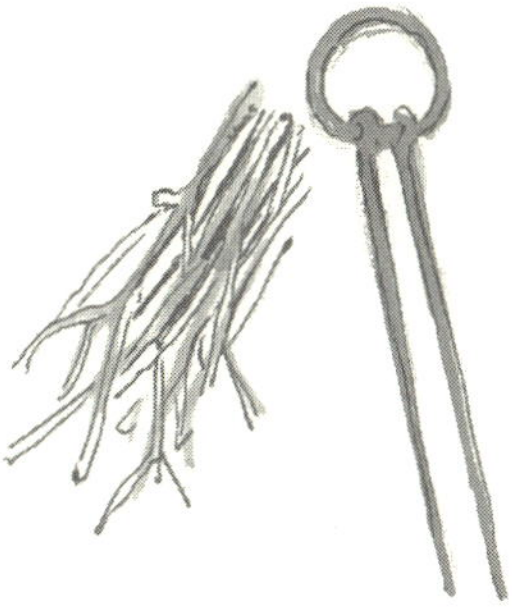

じいちゃんは大騒《おおさわ》ぎしながら、帰って来た。手に木の枝《えだ》の束《たば》があった。庭の梅《うめ》の木の枝おろしをしたときの枯《か》れ枝《えだ》だった。

「浩太《こうた》、ばあちゃんから、お茶の道具借《か》りてこ、魔《ま》法瓶《ほうびん》はいらねかんな、鉄瓶《てつびん》のお茶飲むんだから」

じいちゃんはポットのことを魔法瓶っていっている。

ばあちゃーんと叫《さけ》びながら走っていって、お茶の道具を借りてきた。母さんも父さんもキッチンにいて、何か聞きたかったみたいだ。でも、枯れ枝に火がつけられる前に帰りたくて、すぐ飛《と》び出《だ》してきた。

じいちゃんは火をつけるのを待っていてくれた。

「よし、火ぃつけるぞ」

と、じいちゃんがいった。みんなが囲炉裏《いろり》にかぶさるように顔をつきだす。枯《か》れ草《くさ》に火がついて、梅の小枝《こえだ》に燃《も》え移《うつ》った。みんながいっせいに止めていた息を吐《は》いた。

煙《けむり》が上がると、みんなも顔をあげていく。上がった煙は、板壁《いたかべ》と屋根との隙間《すきま》から出て行った。煙はゆるやかに流れた。じいちゃんは板切れを足し、鉄瓶を自在鉤《じざいかぎ》にかけた。

「いやあ、こんなの何十年ぶりだんべ」

しげるさんは火のついた枯れ枝《えだ》を引き抜《ぬ》き、タバコに火をつけた。

「おらあ、父ちゃんの、今のしげるみたいな火のつけ方《かた》がおもしろくてよ、タバコ吸《す》えるようになったらやってみっぺと思ってたら、囲炉裏《いろり》がなくなっちまいやがって」

じいちゃんは煙《けむり》が目に入ったのか、しきりに目をこすっている。それがじいちゃんが泣《な》いているように見えた。囲炉裏の火、自在鉤《じざいかぎ》、鉄瓶《てつびん》、火箸《ひばし》、五徳《ごとく》、じいちゃんは全部をうっとりとながめていた。

そして、煙の中に顔を突《つ》っこんで、しげるさんのように枯れ枝を引き抜き、タバコに火をつけた。眼《め》をつむって、おいしそうに、なつかしそうに吸《す》いこんでいる。

その一服が吸い終わると、じいちゃんが座《すわ》りなおした。

「いやあ、しげるには世話《せわ》になったな、浩太《こうた》にも、カズにも。このとおりだ」

頭が囲炉裏に入ってしまうほど頭を下げている。

「そんなごとねえよ良夫《よしお》ちゃん、おっら、子どもんときから、世話になりっぱなしだ」

「子どもんときなんて、世話なんかしてねえ、おめえの兄き和雄《かずお》といっしょになって、いじめてたなあ、いや、悪いごとした」

じいちゃんが頭をかき、ははは笑《わら》った。

「なあに、おらあ気が強がったから、良夫《よしお》ちゃんらに逆《さか》らってばっかりいたんだわ」

しげるさんもやっぱり頭をかいている。

「しげるんとこから、祝言《しゅうげん》の鯛《たい》をもらったことがあった。あんとき初《はじ》めて鯛っていう魚を拝《おが》ませてもらったんだ」

じいちゃんは何度も首を傾《かし》げながら、そのときの鯛の大きさを両手で作っていた。

「おらあ、良夫ちゃんのおやじさんの悟一《ごいち》やんから、いろいろみやげをもらったことがある。そん中でも、バナナはすごかったな」

二人の思い出話がしばらく続《つづ》いた。おもしろかったり悲しかったり、その一つひとつが、浩《こう》太《た》の胸《むね》に響《ひび》いた。ときどきカズを見た。カズも浩太を見ていた。

――ぼくたちも、じいちゃんとしげるさんみたいになれるだろうか。

そんな思いをたしかめあっていたような気がする。

突然《とつぜん》、鉄瓶《てつびん》がちんちんと鳴りだした。

「ほら、この音だ。いい音だろ、これでうまいお茶が飲めるってもんだ。カズ、お前は特別《とくべつ》だから、これから、いつ来《き》てもいいぞ、なんなら泊《と》まりに来い」

じいちゃんがにこにこしながら、カズにいった。だけど、カズはだまって、小さくうなだれただけだった。

「どうした、なんだか今日《きょう》は元気がねえようだけど、どうした……」

カズは口を閉《と》じたままだった。浩太《こうた》もじいちゃんも話しだすのを待っていた。しげるさんが火箸《ひばし》で燃《も》えカスを囲炉裏《いろり》の真ん中に集めている。火がばちっとはねた。

「カズ、なんかいえよ、いっちゃえよ」

待ちきれなくてカズを肘《ひじ》でついた。カズが一瞬《いっしゅん》怒《おこ》ったような顔をして、浩太をにらんだ。

「もうここへも、並木《なみき》小にも、行けなくなるかもしれないんだ」

「えっ、どうして」

びっくりしてカズの顔をのぞきこんだ。

「どうしてだ」

じいちゃんが叱《しか》るような口調で聞いた。

「すぐにでも転校するって、お父さんがいってた」

カズは人ごとのようにいってる。

「なんでぇ、稲刈《いねか》り、まだだんべや」

「うん、その稲刈りのことで……」

おじいちゃんとお父さんのけんかの原因《げんいん》は稲刈りのことのようだ。最後《さいご》は、百姓《ひゃくしょう》継《つ》げねぇんだったら出て行けとおじいちゃんにいわれたらしい。

「なんでまた、あの穏《おだ》やかなクニオさんが……」

じいちゃんが腕《うで》を組んで不思議《ふしぎ》がった。カズは、台風のニュースを見ていて、けんかになったといった。

「本当は来週の土、日が稲刈りだったんだ。だけど台風が来るから、今日《きょう》と明日《あした》でやるとおじいちゃんがいったんだけど、今日と明日はお父さんの会社の旅行なんだ。毎年、稲刈りで行けないから、会社で一週間早めてくれたのに。それで――」

カズのお父さんは、会社や同僚《どうりょう》に悪いからどうしても行くというし、おじいちゃんは台風が来て、稲が倒《たお》れたらどうすんだっていうし……。それからどなりあいになったみたいだ。そして、「出て行け」になったのだ。

「転校なんかして、町の学校になんか……」

というと、カズは下を向いてしまった。少しして、灰《はい》に落ちた涙《なみだ》の小さな固《かた》まりができた。カズが泣《な》いている。

カズが何を考えて暗くなっているのかわかった。でも、かけてやる言葉も浮《う》かばない。カズの家のことだ。じいちゃんにも何もできないと思う。ただカズの横顔を見ているしかないのがくやしかった。

そのとき、じいちゃんは手をのばして、カズの肩《かた》をつかんだ。

「カズ、大丈夫《だいじょうぶ》だ。そんなけんかの一つぐらいで、クニオさんもお前のお父さんも百姓《ひゃくしょう》は止《や》めねえし、家だって出て行かね。家族なんてそんなもんだ。おら家だって……」

じいちゃんが照《て》れくさそうに笑《わら》った。この間のことをいおうとしたのだ。でも小屋は建《た》ってしまった。世間体《せけんてい》というやっかいものは何も起こしていないようだ。

まだ窓枠《まどわく》だけの窓の光が弱くなったようだ。もうすぐ日がくれるのかもしれない。

「でも、お父さん、旅行に行っちゃった……」

カズが何かいおうとして、またうつむいてしまった。しげるさんは囲炉裏《いろり》の係りになったみたいに、木をたしたり、火箸《ひばし》で燃《も》え残《のこ》りを火の中に入れたりしている。

「カズ、お前が心配なのはわかる。でもなあ、お前のお父さんだって、お母さんだって、子どもたちのことを一番に考えている。一回や二回どなりあったって、心配ねえ。家族はどっかでつながってるってもんだ」

カズが顔を上げて、うんと返事をした。きりっとした目をしていた。

「しかしまあ、来《く》るか来《こ》ねかわかんね、台風でよくけんかになるもんだ」

じいちゃんはもう話は終わったというように、明るくいった。

「いや、天気予報《よほう》だって、はずれてばかりじゃねえぞ、良夫《よしお》ちゃん。ここも畳《たたみ》入れたり、窓《まど》だのガラス戸……」

カズの悩《なや》みが小屋のことになりそうになった。でも、じいちゃんは首を横に振《ふ》ると、

「そうだ、カズ、もし、台風で稲《いね》が倒《たお》れて、コンバインで刈《か》れねえようだったら、おれたちが手伝《てつだ》ってやる。それでいかんべ、クニオさんにそういっとけ」

と、自信《じしん》ありげにいった。

「どうだ、何てたってておっら、中学校でやったくれえだ。年季《ねんき》入ってってつぉ、なあ、しげるよ」

「うん、おっら、稲刈《いねか》り奉仕《ほうし》なんていわれて、毎年四日もやらされたもんな」

カズの暗かった顔が、生き生きとしてきた。囲炉裏《いろり》の火が燃《も》えあがったせいでも、夕日のせいでもなかった。

「うん、ぼくもやる」

カズがきっぱりといった。

「ぼくも、手伝《てつだ》うよ、カズ」

いつものカズにもどったようでうれしかった。

「ほうだ、お茶飲むんだったな」

じいちゃんが五徳《ごとく》の上に置《お》いていた鉄瓶《てつびん》を触《さわ》っている。

「大したもんだ、冷《さ》めもしねえ」

浩太《こうた》とカズは生まれて初《はじ》めて、鉄瓶のお湯でお茶を飲んだ。じいちゃんたちは何かを思い出すように目をつむって飲んでいた。

「明日《あした》は早く来《く》るから――」

といって、しげるさんが帰って行く。

「台風が来《き》ても、もう大丈夫《だいじょうぶ》だ」

カズは空を見ながらいった。

「じゃあな」

浩太《こうた》もいつの間にかうす暗くなっている空を見ながら、カズを見送った。後《うし》ろ姿《すがた》を見て、カズはよく話したなと思った。そしてふと、囲炉裏《いろり》のせいかななんて考えた。

じいちゃんは火の始末《しまつ》をするといって、小屋に残《のこ》った。

「台風が来《く》れば、たき木拾いなんだけどな」

と、ちょっぴり悔《くや》しそうにいったが、カズの家の稲刈《いねか》りのことを考えたのか、すぐ口をつぐんだ。


父さんは浩太の帰りを待っていたらしい。

「何してたんだ」

「囲炉裏《いろり》で、お茶飲んでた」

父さんはあきれたみたいな笑顔《えがお》を見せた。

「年寄《としよ》りくさいことに、よくつきあってたな」

「そんなことないよ、カズだっていたし……」

浩太《こうた》はいばっていった。そして、

「おもしろかった。いろいろ話しして……」

といって、カズのことを思《おも》い浮《う》かべた。必《かなら》ずじいちゃんがいったようになる。稲刈《いねか》りを頑張《がんば》らなければと思った。

そのとき母さんが、浩太の後ろに来ていて、しきりに匂《にお》いをかいでいた。

「浩太、煙《けむり》の匂いがするけど、たき火でもしてたの」

「ううん、囲炉裏で火たいたんだ」

浩太はさりげなくいった。煙を嫌《いや》がってレンジさえあまり使わない母さんは、きっと嫌な顔をしていると思って、振《ふ》り返《かえ》らなかった。

「囲炉裏って、けっこういいぞ、サキ」

浩太《こうた》はサキに話しながら、じいちゃんが囲炉裏《いろり》でいったことを思い出した。

「毎晩《まいばん》毎晩、こうして家族みんなで囲炉裏かこんでいた。やたらにへそまげたらな、囲炉裏のそばにいられなくなって、一人だけ寒い思いをしなくちゃなんねんだ」

父さんも母さんも囲炉裏に来《き》てもらいたい。家族みんなで囲《かこ》んでもらいたかった。

十　台風が来る日

日曜日、朝早くしげるさんが来た。浩太《こうた》も早く起きて、テレビの天気予報《よほう》を見た。台風は午後に関東《かんとう》地方を通過するらしい。

玄関《げんかん》を出ると、白い大きなバンが停《と》まっていた。いつものしげるさんの車と違《ちが》う。ときどき強い風が吹《ふ》いた。生温かい風だ。黒い雲がすごい速さで流れていく。台風の来る気配がわかった。

しげるさんと若《わか》い男の人が、小屋へ畳《たたみ》を運んでいるところだった。入り口にあまり新しくないガラス戸が二枚《まい》立てかけてある。じいちゃんが小屋から出てきた。

「あとは……」

「窓《まど》が二つと、細かいのがちょこっとだ」

しげるさんがそういって、意味ありげに笑《わら》った。すると若《わか》い人がいった。

「おやじが、今晩《こんばん》は寝《ね》ずの番《ばん》するんだっていって、寝袋《ねぶくろ》持ってきたんだわ」

若《わか》い人はしげるさんの息子《むすこ》さんだった。

「うん、おれも今晩《こんばん》は泊《と》まっかなと思ってたところだ。しげるもいっしょなら、心強いな」

浩太《こうた》もいっしょに泊《と》めてもらいたかった。

じいちゃんとしげるさんの息子さんが畳《たたみ》をしいている。しげるさんは窓《まど》をつけようとしていた。変《へん》な窓だった。木の枠《わく》の間に板が張《は》ってあるだけの窓で、真ん中に窓の幅《はば》くらいの棒《ぼう》がぶら下がっている。

「浩太ちゃん、これがじいちゃんの子ども時代に住んでいた家の窓だ。ガラスも入ってねえ、ただ押上《おしあ》げてつっかい棒するだけの窓だ」

しげるさんは一度浩太に見せると、二ヶ所に取りつける金具をつけた。そして、外側《そとがわ》に回って窓を埋《う》めこむと、金具を壁《かべ》に取りつけた。西側《にしがわ》の窓はちょっと大きくて、三ヶ所に金具がつけてある。浩太は片方《かたほう》を持った。

しげるさんは窓をつけ終え、浩太にやってみろといった。西側《にしがわ》の窓にはつっかい棒が二本ついていた。二本の棒《ぼう》をいっしょに上げるのにはかなりの力が必要《ひつよう》だった。開けると強い風がいっきに入ってきた。

「今日《きょう》はずうっと、閉《し》めておくようだな」

しげるさんは浩太《こうた》の開けた窓《まど》を閉めてしまった。中がいっきに薄暗《うすぐら》くなった。屋根と板壁《いたかべ》の隙間《すきま》から、ぼんやりとした光と、少し風が吹《ふ》きこんでくる。寒そうな冬のことを考えずにはいられなかった。

「ああ、あれかぁ」

浩太の視線《しせん》の先をしげるさんが見た。

「昔はあれでも、台風で屋根も飛《と》ばされなかったけど、今はどうなのか心配でよ——」

それで今日泊《と》まることにしたんだといった。

「まあ、そんなことは百に一つもねえはずだけどな、おれがやったんだから」

しげるさんがはははと笑《わら》った。

畳《たたみ》が入ると、もう小屋じゃなくなった。りっぱな家だ。靴《くつ》を脱《ぬ》いで上がって、大の字になって寝転《ねころ》んだ。新しい畳はいい匂《にお》いがした。

しげるさんと息子《むすこ》さんがガラス戸を入れている。じいちゃんは畳《たたみ》の横に少しある板の間にランプなんかをならべだした。

それを見て、浩太《こうた》は学校に飾《かざ》ってあるじいちゃんの釜《かま》を思い出した。

「学校にある釜、どうするじいちゃん」

「いいや、まだ使《つか》わねから、ありゃあ餅《もち》つくときしかいらねえから」

釜を学校に持っていくようになったのは、母さんが小学校の役員をやっていたからだった。だから、餅つき機なんか買ったのだ。でも、じいちゃんはいらないといっている。もう母さんのことを怒《おこ》っていないのかもしれない。

「鍋《なべ》でなんでもできる。ご飯《はん》だって炊《た》けるんだぞ――」

囲炉裏《いろり》には鍋の方が似合《にあ》うといった。昔話の絵本にもそんな絵があった。

ガラス戸が入った。

「これでもう、いつ台風が来ても大丈夫《だいじょうぶ》だ」

ガラス戸を開《あ》け閉《し》めしている息子さんを見ながら、しげるさんが囲炉裏の縁《ふち》に腰《こし》を下ろした。

「おやじ、まあだ、残《のこ》ってっぺや、便所《べんじょ》はどうすんだ」

息子《むすこ》さんがいたずらっぽく笑《わら》った。

「いいんだ、昔ながらのしみこみ式にすっから、あとで土管《どかん》でも埋《う》めこむ、だれが住むわけでもなかんべし……」

「いやわかんねぞ、住むかもしんねし……」

じいちゃんが浩太《こうた》を見て、にやりとした。ちょっと脅《おど》かしているだけだ。一人で住んじゃうなんてさびしい。

そんなとき、ばあちゃんが浩太に電話だといってきた。

電話はカズからだった。野球の練習が台風で中止になったことを連絡網《れんらくもう》で回す。カズは電話を切らずに、あのさあともったいぶって話しだした。

「今お父さん、稲刈《いねか》りしてるんだ。お父さん夜中に帰って来たんだ。台風で倒《たお》される前に刈れるだけ刈るんだっていって、朝暗いうちから——」

ぼくたちは手伝《てつだ》わなくてもいいみたいといって、カズが電話の向こうで笑《わら》った。

「なんだ、楽しみにしてたのに」

浩太《こうた》はわざと怒《おこ》っていった。

「稲刈《いねか》りなんか楽しみにしてないで、練習だろ、浩太、あとで行くから」

怒っても跳《は》ね返《かえ》されてしまいそうな、カズの元気な声だった。じいちゃんのいうとおりになったのだ。すぐ知らせたくて、また小屋に向かった。背中《せなか》でばあちゃんが、朝《あさ》ご飯《はん》とどなっていた。


「浩太、ばあちゃんとこから、しょう油とかつお節《ぶし》持ってこぉ」

何をするのかと思ったら、囲炉裏《いろり》にもう火がついていて、朝からうどんを食《く》うという。

ばあちゃんのところに行って、朝ご飯はいいといった。しょう油のペットボトルとかつお節をもらった。ばあちゃんは不思議《ふしぎ》そうな顔をしている。

「何作んだ、小屋で」

「みんなで、うどん食うんだって」

浩太はうきうきしながら答えた。

「みんな物好《ものず》きだねえ、朝っぱらから、うどんをねえ。しょうがねえ、箸《はし》だのお椀《わん》だの持ってってやるわ」

ばあちゃんが困《こま》った顔をした。

小屋の中にもどると、自在鉤《じざいかぎ》に吊《つ》るした鍋《なべ》を三人が囲《かこ》んでいた。本当に昔話の絵本のようだった。

ばあちゃんが箸《はし》やお椀《わん》を持ってきてくれるというと、じいちゃんが口を曲げて笑《わら》った。

「ばあちゃんも気が利《き》くようになったな」

「気が利くのは、昔からだんべや」

しげるさんにいわれて、じいちゃんはにやりとした。いつ用意したのか、囲炉裏《いろり》のわきにうどんの袋《ふくろ》があった。

空が暗いと小屋の中も暗かった。でも囲炉裏の火が照《て》らすみんなの顔は赤く輝《かがや》いて見える。

ガラス戸がカタッとなって、みんながいっせいにそっちを向いた。ばあちゃんだった。

「まあ、みんな、朝早くから、ご苦労様《くろうさま》です」

ばかていねいなあいさつをしたと思ったら、口を押《お》さえて笑いだした。

「なんだあ」

じいちゃんが怒《おこ》ったみたいにいって、すぐ笑《わら》いだした。何がおかしいのかわからない。

「みんな、物好《ものず》きだって、いいてえんだんべ」

じいちゃんが笑うのを止めていった。よく考えると、みんなが変《へん》でおかしいのかもしれない。朝早くから集まって、時代遅《じだいおく》れの、不便《ふべん》で薄暗《うすぐら》い小屋で、料理《りょうり》とはいえないようなうどんを食《く》おうとしているのだ。

「本当に、そうだよ」

ばあちゃんが初《はじ》めて囲炉裏《いろり》に座《すわ》った。小屋の中をきょろきょろしていて落ち着かなかった。鍋《なべ》のふたまで取って、もう少しだねといっている。

「台風、来《こ》ねえうちに、もうちょっとたき木用意しねえとな、良夫《よしお》ちゃん」

「そうだな、枯《か》れ枝《えだ》はすぐそこの山で取れるけど、太い木がほしいなあ」

土間には板切れや材木《ざいもく》の切《き》れ端《はし》がある。

「おれとせがれで、川にでもいってみっか」

「そうしてくれっと助かるな」

どうして川に太い木があるのか不思議《ふしぎ》だった。息子《むすこ》さんが説明《せつめい》してくれた。川には流木があ

るのだそうだ。

ばあちゃんが沸騰《ふっとう》してきた鍋《なべ》に、うどんを入れてかき回している。物好《ものず》きとみんなを笑《わら》ったばあちゃんもすっかり囲炉裏《いろり》の人になっていた。お椀《わん》も五つあったし、とうがらしも刻《きざ》んだねぎも持ってきていた。

ゆであがったうどんをしょう油とかつお節《ぶし》をかけただけで食べた。囲炉裏の火を囲《かこ》みながら、食《く》ううどんはおいしかった。遠い時代の味のような気がした。

「昔、こんなのが何日も続《つづ》いたことがあった」

じいちゃんがぽつりといった。しげるさんが小さくうなずいた。浩太《こうた》は、毎日続《つづ》いたら嫌《いや》だなと思った。その思いが通じたのか、じいちゃんが、

「どこのうちも貧乏《びんぼう》で、食いたくなくても我慢《がまん》して食ってたんだ」

と、遠い空を眺《なが》めるみたいにいった。

浩太とじいちゃんはすぐ前のこやま山に枯《か》れ枝《えだ》を取りに行くことになった。

こやま山へは中学校に行く途中《とちゅう》から入っていけるはずだった。しかし、もう何年もだれも通

ったことがないらしく、上り口だったところは笹《ささ》やぶになっている。

「これじゃあ、山もかわいそうだ」

といいながら、じいちゃんは持ってきた段《だん》ボール箱を頭の上にあげて、横歩きでやぶに入っていった。

浩太《こうた》はじいちゃんにぴったりついていった。

笹やぶが切れたところで、じいちゃんが浩太を振《ふ》り返《かえ》った。

「昔はな、ひも一本持って、枯《か》れ枝《えだ》は藤《ふじ》のつるでしばって、ひもで背負《せお》って来た――」

しかし、今は稲《いな》わらをより合わせて作った縄《なわ》さえないといった。

「だからな、縄でもなって、見せてやりてえと思ったんだ。カズのところの稲刈《いねか》りで少しは手に入ると思ったんだが――」

コンバインで刈ると稲わらも残《のこ》らないらしい。じいちゃんはそういうと、手をこすり合わせ、縄をよる手つきをして見せた。

「子どもだって、みんな上手《じょうず》なもんだった」

「どうして」

「そりゃあ、みんな家の手伝《てつだ》いしたからだ」

手伝いといわれて、浩太《こうた》は何もしていないことに気がついた。手伝うことなんか何もない。

「手伝いは全部めんどうだったけど、けっこうおもしろがってやったもんだ――」

枯《か》れ木《き》拾いに来ても、チャンバラやったり、木登りしたりして遊んでたんだ。段《だん》ボール箱《ばこ》持ってたき木拾いするなんて、みっともねえくらいだ、とじいちゃんはひとり言のようにいった。

「山ん中も昔はきれいだった」

と、じいちゃんがいったとき、浩太は山の中を走り回る子どものじいちゃんを思《おも》い浮《う》かべた。自由に走り回れる山がうらやましく思えた。もしかすると野球よりおもしろかったのかもしれない。

今の山はやぶばかりで動きづらかった。だけど、枯《か》れ枝《えだ》はたくさん落ちていて、すぐ段ボール箱いっぱいになった。

「なんだかゴミ集めみてえだな」

先を歩くじいちゃんが振《ふ》り返《かえ》って笑《わら》った。

「冬までには、あと十箱くらい集めねえとな」

じいちゃんにそういわれると、なんだか頼《たの》まれているような気になった。

「うん、ぼくが拾ってきてやる」

思わずそういってしまった。するとじいちゃんは、

「うん、よく気が回ったわ、まさか何もしねえで、火だけ当たっているわけにはいくめえ」

と、嫌味《いやみ》をいった。じいちゃんの嫌味は、いつも何か考えさせる。それは人として当たり前のことをいっているような気がした。


生温《なまあたた》かい風がだんだん強くなってきた。

「いつまで、欲《よく》かいて木集めてんだか、しげるも」

じいちゃんの口の悪さにも、いろんな気持ちがこめられている。悪口の後の行動を見ればすぐ分かる。今は真っ暗な空を気にしている。何度も道路の方を見ていた。雨が降《ふ》る前に、しげるさんたちに帰ってきてほしいのだ。

そのとき、じいちゃんは何かを思いついたようだった。

「そうだ、お昼の用意しねえとな――」

しげるが来たら、まき割《わ》りでもしてろといっておけといって、じいちゃんは風の中へ自転車を乗り出した。

だれもいないと小屋はさびしかった。囲炉裏《いろり》の火も消えている。火箸《ひばし》を使って燃《も》え残《のこ》りを真ん中に集め始めた。それはすぐ終わった。びゅうびゅうと風の音がいっそうさびしさを感じさせた。

でも、初《はじ》めて一人《ひとり》の時間を持ったような気がした。何もないから何もできない。だけどゆったりとした気分でいられる。何かとても大事なことを考えられる時間のような気がした。浩太《こうた》はじいちゃんの子ども時代のことを考えた。

この家のように薄暗《うすぐら》くて狭《せま》かったのかもしれない。貧《まず》しくていろんなものが食べられなかったのだろう。忘《わす》れたいはずなのにじいちゃんは、父さんたちとけんかしてまでこの家を建《た》ててしまった。どうしてなのだろう。浩太には答えが見つからなかった。

屋根と板壁《いたかべ》の隙間《すきま》を、笛のように鳴らして台風の風が通《とお》り抜《ぬ》けていった。いろんな音に聞こえた。まるでだれかがリコーダーを吹《ふ》いてやってきたみたいに聞こえるときもあった。

そんなとき、カズを思い出した。電話の声は元気そうだった。転校なんかしなくていいんだ。

たった一人《ひとり》でいると、遠くへ行ってしまいそうになったカズのことを考えただけで、涙《なみだ》がでそうになった。

台風の風に、ぱらぱらと大きな雨粒《あまつぶ》の音が混《ま》じったときだった。玄関《げんかん》のほうで、

「浩太《こうた》」

と、呼《よ》ぶ声を聞いた。カズだった。今考えていたカズが来たのでどきっとした。

「おう、カズ」

浩太は小屋から飛《と》び出《だ》した。

「じいちゃんは」

カズはじいちゃんを探《さが》している。じいちゃんに用があるみたいだ。浩太はがっかりした。

「買い物」

おもしろくなかったから、つっけんどんな答えになった。でもカズは浩太のつっけんどんな返事なんか気にしていなかった。軒下《のきした》から小屋の中をのぞいたりしている。

そんなとき、しげるさんたちが帰って来た。白い大きなバンの荷台いっぱいに、白っぽい丸太が積《つ》まれている。もう手ごろな長さに切られていた。

「どこに積《つ》むべな、おやじ」

「東側《ひがしがわ》でよかんべ、すぐ乾《かわ》くから」

バンのドアを開けたら、チェーンソーが見えた。息子《むすこ》さんは用意がいいと思った。

「じいちゃんは……」

みんなじいちゃんのことばかり聞く。

「なんか、買い物だって」

まき割《わ》りのことはいわなかった。雨が降《ふ》りだしたし、太目の丸太を囲炉裏《いろり》で燃《も》やすのもおもしろそうだ。

浩太《こうた》もカズも手伝《てつだ》って、小屋の東側に積んだ。一度積んでもどってくると、父さんも丸太を抱《かか》えていた。

「雨が降っているのに、見てるわけにもいかねえだろう」

浩太はそのとき、じいちゃんに山でいわれたことを思い出した。

「——何もしねえで、火だけあたるわけには——」

父さんも囲炉裏に来たいのかもしれない。

「いい家になったよ、父さん」

「そうか、浩太《こうた》、そんなにいいか」

「うん、冬の方がもっといいかもね、あったかくて」

雪に囲《かこ》まれた家の囲炉裏《いろり》のそばで手をかざしている自分の姿《すがた》を想像《そうぞう》していた。

東側《ひがしがわ》に積《つ》まれた丸太は春までもちそうなくらいの量《りょう》だった。雨がときどきザザーと降《ふ》るようになって、やっとじいちゃんが帰って来た。

「せっかくだから、養魚場《ようぎょじょう》まで行って、岩魚《いわな》買ってきた」

といって、カズがいるのに気がつくと、

「おっ、どうした稲刈《いねか》り」

と、聞いた。

「ちょっと前に、全部終わった」

カズはじいちゃんを見上げて、目をぱちぱちさせている。

「そうかあ、よかったなあ、カズ」

じいちゃんは両手に荷物を持っていなかったら、カズを抱《だ》きしめそうなほどしんみりといった。

「よかった、よかった」

しげるさんまで喜《よろこ》んでいる。父さんと息子《むすこ》さんだけが、どうしたんだろうという顔で、軒下《のきした》に立っていた。ザザザーといって通《とお》り過《す》ぎる雨が、横《よこ》なぐりになってきた。

父さんは空を見ながら、

「カズくん、いいのか、こんなとこにいて」

と、心配そうに聞いた。

カズは心配ないというふうに、へへっと笑《わら》った。

「なんだったら、送って行くけど」

父さんはよく気《き》がついてだれにでもやさしい。

「いいって、まあだ、カズにはおめえより世話になってんだ。囲炉裏《いろり》の昼飯《ひるめし》食ってってもらわなくちゃなんねんだ」

じいちゃんはそういうと、新聞紙の包《つつ》みと一メートルくらいの竹を囲炉裏のわきに置《お》いた。

竹は養魚場《ようぎょじょう》の近くで切ってきたらしい。

「おお、こんなとこにならんでねえで、中に入っぺや。しげる、囲炉裏《いろり》に火ぃつけさせてやっから」

じいちゃんが、軒下《のきした》にならんでいる父さんたちにいばっていった。

しげるさんが返事のかわりににやっと笑《わら》った。やっぱり、火をつけるのはじいちゃんの楽しみだったのだ。

初《はじ》めて小屋の中に入った父さんは、しばらく小屋中を見回していた。そしてまた、囲炉裏の脇《わき》にちょこんと座《すわ》ったカズを見ると、

「お母さんたち、心配してないかな」

と、聞いた。

「まったく、うるせえんだよ、久志《ひさし》は。気になんだったら、電話してやれ」

口の悪いじいちゃんに一番なれているのは父さんだ。ちっとも気にしていない。

「あ、お願《ねが》いします。ぼくも、もうちょっとここにいたいから」

カズが父さんにちょこんと頭を下げた。

「うん、すぐにゃあ帰《かえ》さねえ」

じいちゃんがえらそうに大きくうなずいた。

「そうかい、じゃあ、電話しといてやるわ」

そういって父さんは立ち上がった。ちょっと名残惜《なごりお》しそうにゆっくり動いている。

「ふーん、いい別荘《べっそう》になったじゃねえ。いつか泊《と》まらせてもらうかな」

押上《おしあ》げの窓《まど》や板壁《いたかべ》をなでている父さんは、とてもうらやましそうだった。

「ああ、文句《もんく》つけられたけど、しょうがねえな。泊まり手がいねえと、家はだめになっちゃうっていうから」

はっはっはとじいちゃんは豪快《ごうかい》に笑《わら》った。その笑い声を照《て》れくさそうに聞きながら、父さんは出て行った。浩太《こうた》は父さんがもどってくると思った。

じいちゃんはナタで竹を割《わ》り、串《くし》を作り始めた。竹串を作りながら、浩太に塩《しお》を持ってくるようにいいつけた。しげるさんは、枯《か》れ枝《えだ》の火を流木の丸太に燃《も》えつかせようと一生懸命《けんめい》だった。

できた竹串にじいちゃんは岩魚《いわな》を刺《さ》した。十本ほどある。岩魚に塩をまぶすと、串を囲炉裏《いろり》の周《まわ》りに突《つ》き刺《さ》していった。

「早く、ちゃんと燃《も》やせや」

じいちゃんが、火をつけるのにてまどっているしげるさんを急がせた。いかにもへただぞといっているみたいだ。

「なかなか、難《むずか》しいもんだな」

しげるさんが煙《けむり》の中で苦労《くろう》している。火がつかないと家の中がいっそう暗く感じられる。じいちゃんはしげるさんに火をまかせたらしく、黙《だま》って見ていた。そして、立ち上っていた煙にまで火がついたようにいっきに燃《も》え上《あ》がった。

「おお、できたな」

「おれだって、昔はよくやったもんだ」

しげるさんが曲げていた背筋《せすじ》をのばした。じいちゃんが火の近くに岩魚《いわな》を刺《さ》しなおす。

「おれ、もう」

と、時計を見た息子《むすこ》さんをじいちゃんが止めた。

「岩魚一匹《ぴき》くらい、食《く》っていってくれや」

息子さんはうなずいて座《すわ》りなおした。

岩魚《いわな》から油が垂《た》れだすまでけっこう時間がかかった。その間、みんながじぃっと岩魚をにらんでいた。

「もうちっとだな」

「待《ま》っているってのは、長いもんだな」

じいちゃんとしげるさんの話は岩魚の焼け具合のことばかりだ。カズも息子さんも岩魚をにらんでいる。浩太《こうた》もだまって、岩魚の皮の細かい揺《ゆ》れまで見逃《みのが》さなかった。

いよいよいい匂《にお》いが立ちこめて来た。

「よし、今日《きょう》は一杯《ぱい》やっていけるな」

じいちゃんがわきから酒のビンを引《ひ》き寄《よ》せた。建前《たてまえ》の時は奥《おく》さんに迎《むか》えに来てもらって帰れたが、今日《きょう》息子さんは帰ってしまう。

「うん、ぶっ倒《たお》れるまで飲ませて、もらうべ」

そういって、しげるさんは息子さんを見た。息子さんが苦笑《にがわら》いをしていた。じいちゃんはまた、浩太にばあちゃんのところへ行くようにいった。今度は徳利《とくり》や猪口《ちょこ》やおしんこだ。

外は台風の雨と風だった。だけど、浩太には苦にならなかった。びゅうびゅうと騒《さわ》がしい小屋の中にいたとき、雨風に立ち向かっているようで、自分が強くなった気がした。だから今、外の台風も気持ちよく感じられる。

玄関《げんかん》に入ると母さんがいた。びしょぬれの浩太《こうた》を見て、

「もう、お昼じゃない、台風だっていうのに、いいかげんに帰って来なさい」

と、心配そうにいった。でも、父さんから何か聞いたのか、厳《きび》しいいい方じゃなかった。

浩太はふと、母さんだけのけものにしていることに気がついた。母さんを小屋に誘《さそ》わなければって考えた。十本もある岩魚《いわな》の串《くし》、きっと母さんの分もあるのだ。

「母さんも、小屋に来ればいいのに、今、岩魚焼《や》いているから」

母さんにはとつぜんだったのかもしれない。きょとんとした目や口がもごもご動いている。

でもすぐ、母さんの目が小屋の屋根から流れて行く煙《けむり》に移《うつ》っていった。

浩太は今だなと思った。

「ねえ、来てよ、早くこないと、あの小屋、台風で飛《と》んじゃうかもしれないよ」

母さんがやっと笑《わら》った。

「はいはい、じゃあ小屋がなくなる前に行かなくちゃね」

母さんがこんなにふざけてくれるとは思わなかった。浩太《こうた》の方が今度は照《て》れくさくて、すぐばあちゃんの部屋《へや》にかけこんだ。徳利《とくり》と猪口《ちょこ》とおしんこだ。

息子《むすこ》さんはいちばん先に焼《や》けた岩魚《いわな》を食べると、台風の中を帰っていった。いれかわるように、ばあちゃんとサキがきた。サキも一人前《いちにんまえ》に囲炉裏《いろり》を囲《かこ》んだ。

ばあちゃんはまた、ていねいに、

「お待たせしました」

といって、徳利にお酒を入れ、鉄瓶《てつびん》の中に浸《ひた》した。

「ばあちゃん、着物でも着てくれれば、りっぱな仲居《なかい》さんだったのにな」

じいちゃんは飲んでもいないのに上機嫌《じょうきげん》だ。

「じゃあ、着替《きが》えて化粧《けしょう》でもして来《く》っかい」

めずらしくばあちゃんもふざけている。自分がふざけてしまうのは、じいちゃんやばあちゃんの孫《まご》だからかもしれない。

「仲居さんじゃ、チップ用意しねえとな」

しげるさんからも冗談《じょうだん》がでた。

「チップって、なに」

サキがばあちゃんに聞いた。

「お世話《せわ》になるときあげるお金のこと」

「じゃあ、サキも何かする」

サキが立ち上がって、みんなが笑《わら》いだす。そのときだった。ガラス戸ががたっとなって、笑いが止まった。そして、ガラス戸が開くと、父さんと母さんがいた。父さんは一升瓶《いっしょうびん》を、母さんは大きな皿を持っていた。

「うわあ、いい匂《にお》いですこと」

家では焼《や》き物《もの》さえしない母さんがいった。

「まあ、どうぞどうぞ」

しげるさんが席《せき》をあけている。父さんが、

「空身じゃ、悪いから……」

と、一升瓶をじいちゃんに差《さ》し出した。

「おっ、久志《ひさし》も気が利《き》くようになったな」

じいちゃんは嫌味《いやみ》をいったあと、

「いろいろ、悪かったな」

といった。

外では、ごうごうという風の音が小さな小屋をおどかすように鳴っていた。でも、囲炉裏《いろり》の回りまでは届《とど》かなかった。おしゃべりと笑《わら》い声《ごえ》が台風まで吹《ふ》き飛《と》ばしているようだった。

浩太《こうた》は囲炉裏のみんなを見渡《みわた》した。そして、ここがみんなの集まれる場所なのだと思った。ここでいろんなことが話せたら、話せなくても、しっかり結《むす》ばれるような気がした。

急にカズと握手《あくしゅ》がしたくなって、カズに手をだした。思いが通じているのか、カズが岩魚《いわな》で汚《よご》れた手をだしてきた。がっちりと握《にぎ》ってしばらく離《はな》さなかった。

高橋秀雄（たかはし　ひでお）
1948年栃木県今市市生まれ。日本児童文学者協会会員。「季節風」同人。うつのみや童話の会代表。作品に『月夜のバス』(新日本出版社)、『けんか屋わたるがゆく！』（国土社）などがある。宇都宮市在住。

宮本忠夫（みやもと　ただお）
1947年東京生まれ。おもな作品に『えんとつにのぼったふうちゃん』(ポプラ社）絵本にっぽん賞、『ゆきがくる』（銀河社）産経児童出版文化賞、『さらばゆきひめ』（童心社）日本絵本賞、『ぬくい山のきつね』（新日本出版社）赤い鳥さし絵賞、『へんしんでんしゃデンデコデーン』（あかね書房)、『ぬくぬく』（佼成出版社）などがある。

ブックデザイン・稲川弘明

じいちゃんのいる囲炉裏《いろり》ばた　　**おはなしプレゼント**

2004年11月25日　第１刷発行　　2005年５月15日　第２刷発行

作　者・**高橋秀雄**
画　家・**宮本忠夫**
発行者・**小峰紀雄**
発行所・株式会社**小峰書店**　〒162-0066 東京都新宿区市谷台町4－15
電　話・03-3357-3521　FAX・03-3357-1027
組　版・㈱タイプアンドたいぽ　印刷・㈱三秀舎　製本・小高製本工業㈱

ISBN4-338-17019-0
NDC913　157p　22cm
乱丁・落丁本はお取りかえいたします。
http://www.komineshoten.co.jp/